ALFAGUARA [MR]
INFANTIL

EL SASTRECILLO VALIENTE Y OTROS CUENTOS

Jacob Ludwig Karl Grimm y Wilhelm Karl Grimm
D.R. © de la traducción: Katharina Susanne Zinsmeister, 2010
D.R. © de las ilustraciones: Zobeck, 2010

D.R. © de esta edición:
Editorial Santillana, S.A. de C.V., 2013
Av. Río Mixcoac 274, Col. Acacias
03240, México, D.F.

Alfaguara Infantil es un sello editorial licenciado a favor
de Editorial Santillana, S.A. de C.V.
Éstas son sus sedes:

ARGENTINA, BOLIVIA, CHILE, COLOMBIA, COSTA RICA, ECUADOR, EL SALVADOR,
ESPAÑA, ESTADOS UNIDOS, GUATEMALA, MÉXICO, PANAMÁ, PARAGUAY, PERÚ,
PUERTO RICO, REPÚBLICA DOMINICANA, URUGUAY y VENEZUELA.

Primera edición en Santillana Ediciones Generales, S.A. de C.V.:
diciembre de 2010
Primera edición en Editorial Santillana, S.A. de C.V.: septiembre de 2013
Segunda reimpresión: diciembre de 2014

Selección de textos: Fabiana A. Sordi
Diseño y diagramación: MarDeFondo

ISBN: 978-607-01-1835-7

Impreso en México

El sastrecillo valiente y otros cuentos

Jacob Ludwig Karl Grimm y Wilhelm Karl Grimm

Ilustraciones de Zobeck

ALFAGUARA^MR

INFANTIL

El sastrecillo valiente

Una mañana de verano, un sastrecillo cosía sentado al lado de la ventana. Una campesina pasó por la calle, gritando:

—¡Dulce, dulce!

El sastrecillo se entusiasmó con la idea, sacó su cabecita por la ventana y le gritó:

—¡Suba por aquí, querida señora, aquí va a vender todo!

Cuando la campesina llegó, el hombrecillo le hizo sacar todos los frascos de su canasto para mirarlos uno por uno y finalmente compró sólo un octavo de kilo. Entonces la mujer se fue enojada y murmurando maldiciones.

—¡Que Dios bendiga el dulce! —dijo el sastrecillo—, para que me dé poder y fuerza! —Y buscó el pan, cortó una gran rebanada y la untó con el dulce de frutas—. ¡Qué rico va a ser esto! —dijo—. Pero primero voy a terminar de coser esta ropa, antes de dar el primer mordisco.

Apoyó el pan a un costado y siguió cosiendo, lleno de alegría, con puntos cada vez más grandes.

Mientras tanto, el aroma del dulce subió por las paredes hasta donde estaban las moscas, que se acercaron y se posaron en el pan. Como de vez en cuando el sastrecillo le echaba una mirada al pan, de pronto descubrió a las intrusas.

—¿Qué es esto? A ustedes, ¿quién las ha invitado? —y las sacó volando.

Las moscas, sin embargo, no entendieron el idioma y no se dejaron espantar, y al rato regresaron en número aun mayor. El sastrecillo se enfureció, buscó un gran trapo y exclamó:

—¡A ustedes les voy a dar! —y les dio con toda su fuerza. Luego sacó el trapo y se puso a contar: había siete, bien muertas.

—¡Qué valiente eres! —dijo, asombradísimo de sí mismo—. ¡De esto debe enterarse toda la ciudad! —Y rápidamente cortó tela para una faja, la cosió y bordó con grandes letras la leyenda: "¡Siete de un solo golpe!".

—¡Es más! —siguió—. No solamente toda la ciudad, ¡todo el mundo debe enterarse! —Y su corazón saltó de alegría como un corderito.

El sastrecillo se puso la faja y buscó en su casa si no había nada para llevar, pues quería salir al mundo. Pero sólo encontró un queso viejo y lo metió en su bolsillo. Al salir de la puerta de la ciudad, tuvo suerte y pudo cazar un pajarito.

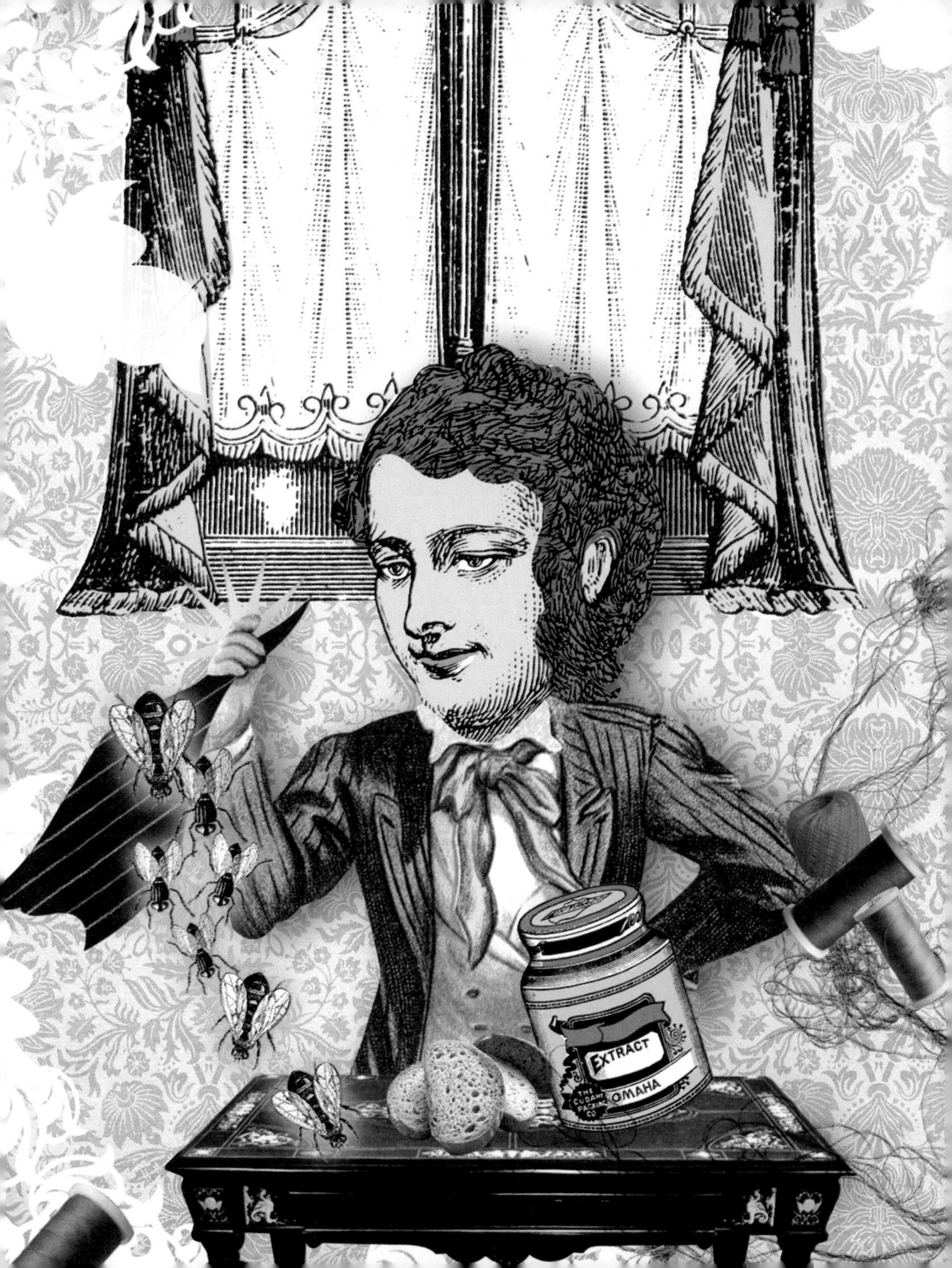
EXTRACT
OMAHA

Entonces lo guardó en el bolsillo con el queso. Luego se puso a caminar con paso firme y subió una montaña. Cuando llegó a la cima, se encontró con un gigante sentado en el suelo.

—Dime, compañero —se dirigió al gigante—, ¿estás sentado aquí, mirando el mundo desde arriba? Mi idea es explorarlo, ¿no tienes ganas de acompañarme?

El gigante lo miró y le dijo:

—¡Qué muchachito miserable eres!

—¿Te parece? —contestó el sastrecillo, desabrochó su chaqueta, le mostró la faja y agregó:

—¡Aquí puedes ver escrito qué clase de hombre soy yo!

Al leer el gigante "¡Siete de un solo golpe!", se imaginó que habrían sido hombres que el sastrecillo había matado de ese modo y empezó a sentir algo de respeto por él. Primero, sin embargo, quiso hacerle una prueba. Tomó una piedra y la apretó en su mano hasta que cayó agua.

—Si eres tan fuerte —desafió al sastrecillo—, entonces, ¡haz lo mismo!

—Si no es nada más que eso —respondió el sastrecillo—, también lo hago.

Metió la mano en su bolsillo, sacó el queso podrido y lo apretó hasta sacarle jugo.

—¿Qué tal? —le dijo—. Eso fue un poco mejor, ¿o no?

El gigante, al no creer que el hombrecillo podía haber hecho realmente aquello, no supo qué decir. Entonces, levantó una piedra y la tiró hacia arriba hasta que apenas pudo divisarse en lo alto.

—¡Haz eso también, tontito! –le dijo.

—Enseguida lo haré –le contestó el sastrecillo–, tu lanzamiento fue bueno; no obstante, la piedra volverá a caer a la tierra. Yo lo voy a hacer de tal manera que ya no volverá a bajar –y metió otra vez la mano en el bolsillo, sacó el pajarito y lo tiró al aire. El ave, feliz de haber recuperado la libertad, levantó el vuelo y desapareció.

—Y, compañero, ¿qué te pareció? –preguntó el sastre.

—Sabes tirar piedras –admitió el gigante–, pero ahora vamos a ver si también puedes llevar una buena carga.

Entonces lo llevó a un lugar donde yacía un olmo talado, enorme y pesadísimo.

—Lo vamos a sacar juntos del bosque –le dijo.

—Vamos, levanta tú el tronco y yo llevo la copa con todas sus ramas, que es la parte más pesada.

El gigante levantó el tronco y se lo subió al hombro. El sastrecillo se sentó en una de las últimas ramas, con lo cual el gigante cargaba él solo el árbol entero y encima al sastrecillo. Éste silbaba, muy divertido, como si no fuera nada para él llevar un árbol al hombro. Luego de caminar un rato con la pesada carga, al gigante se le agotaron las fuerzas.

—Escúchame, tengo que soltar el árbol –dijo. El sastrecillo bajó rápidamente, agarró el árbol con ambos brazos para que pareciera que lo estaba llevando y le dijo al gigante:

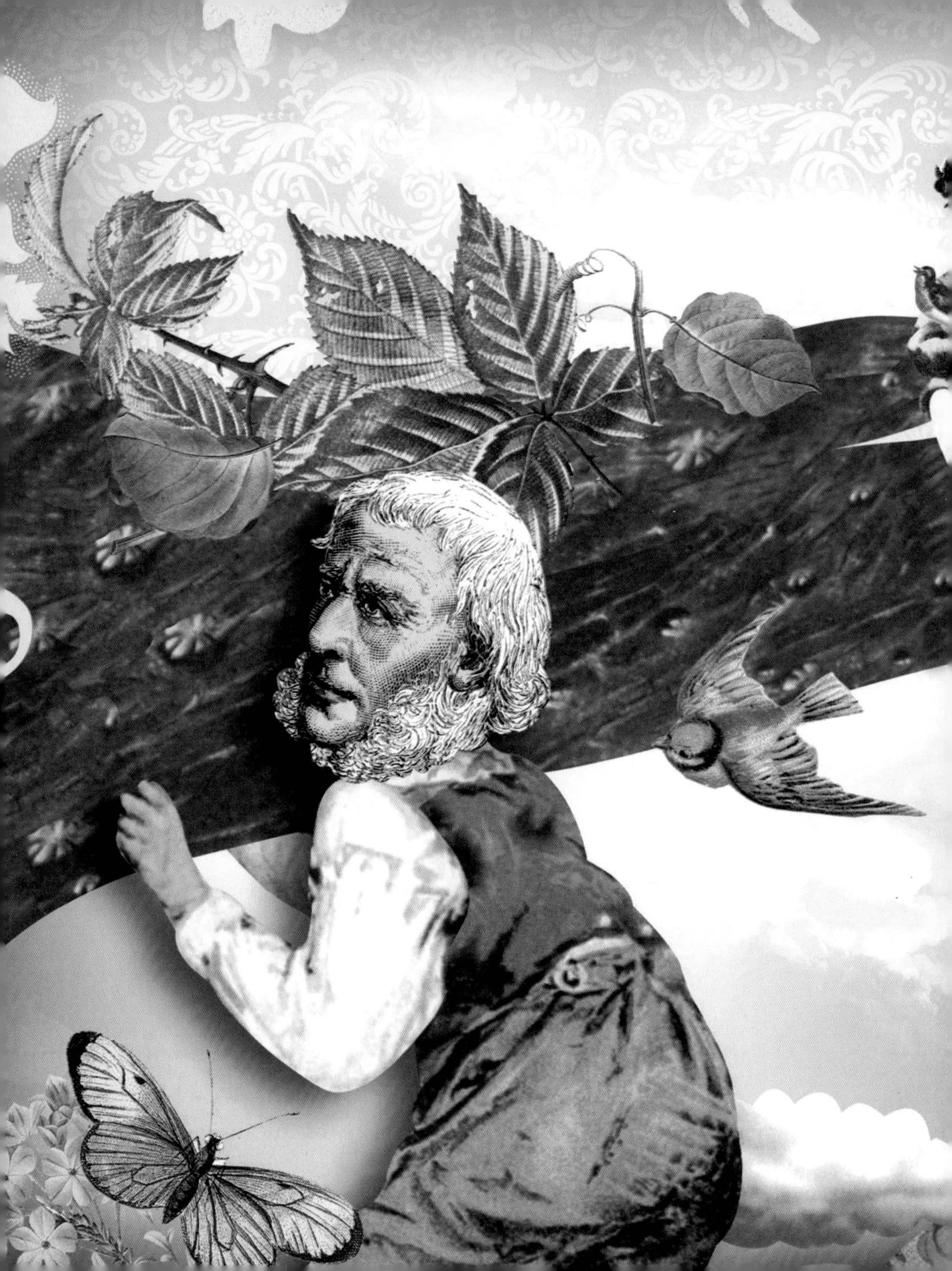

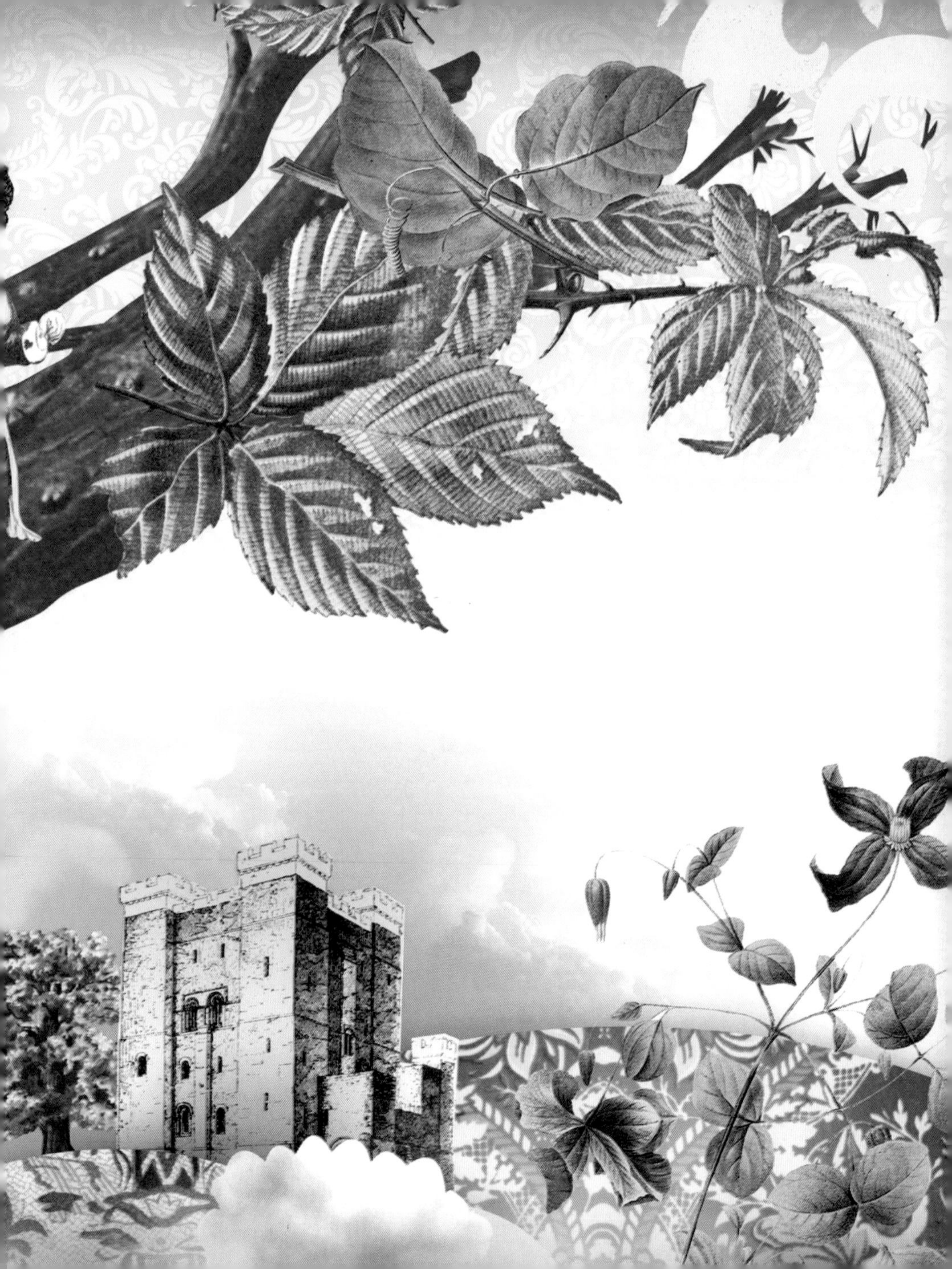

—¿Cómo puede ser que semejante grandote no pueda ni cargar un árbol?

Siguieron caminando y pasaron por un cerezo. El gigante agarró la copa donde se encontraban los frutos más maduros y le puso una rama en la mano al sastrecillo diciéndole que comiera. Pero el sastrecillo era tan débil que no pudo resistir la fuerza del árbol y voló por el aire.

—¿Qué es eso? –dijo el gigante–. ¿No tienes fuerza para sujetar esta ramita?

—Sería una vergüenza y más para alguien que mató a siete de un solo golpe –le respondió el hombrecillo–. ¿Sabes qué pasa? Allá abajo hay cazadores tirando a los arbustos, por eso salté al otro lado del árbol. ¡A ver si tú puedes hacerlo también!

El gigante quiso pasar por encima del árbol, pero no lo logró y quedó colgado de las ramas. Otra prueba más en que el sastrecillo le ganaba fácilmente.

—Bueno, ven conmigo a nuestra cueva y quédate a dormir –dijo el gigante. El sastrecillo aceptó y lo siguió. Al llegar a la cueva, se encontraron con otros gigantes sentados junto al fuego, y cada uno comía cordero asado. El gigante le dio una cama para descansar. El sastrecillo, sin embargo, en vez de acostarse en la cama, se metió en un rincón de la habitación. Cuando llegó la medianoche, apareció el gigante con una vara de hierro y partió de un solo golpe la cama donde suponía se encontraba durmiendo el sastrecillo, y pensó que ahora había acabado con él y que nunca más lo volvería a ver.

Al día siguiente, los gigantes se fueron al bosque. Ya se habían olvidado del sastrecillo muerto. Cuando de repente éste apareció frente a ellos, caminando muy contento. Los gigantes se asustaron y, temiendo que los fuera a matar a todos, salieron corriendo rápidamente.

Entonces, el sastrecillo continuó solo su marcha, siempre despreocupado, hasta que llegó a la corte de un rey. Y como tenía sueño, se acostó en el pasto y se durmió. Mientras dormía, aparecieron los soldados del rey, lo miraron de arriba abajo y leyeron en su faja: "Siete de un solo golpe".

—¡Uy! –dijeron–, ¿qué querrá aquí héroe tan valiente si estamos en tiempos de paz? ¡Debe de ser un señor muy poderoso! –entonces avisaron al rey y le dijeron que, en caso de guerra, este hombre podría serle sumamente útil y que no debía dejarlo ir. Al rey le gustó el consejo y mandó a uno de ellos para que ofreciera sus servicios al sastrecillo cuando éste despertara.

—Bueno –le contestó el sastrecillo–, justamente vine aquí para prestarle mis servicios al rey.

Así que fue muy bien recibido y se le asignó una vivienda destacada.

Pero los soldados, que le habían creído todo al sastrecillo, deseaban que se fuera lo más lejos posible.

—¿Qué pasa –se decían entre ellos– si tenemos una pelea con él y nos da una paliza? Van a caer siete de un solo golpe. No lo vamos a poder resistir.

Entonces tomaron la decisión de ir todos juntos a pedirle al rey que lo expulsara:

—No estamos hechos para competir con un hombre tan fuerte –le dijeron.

El rey estaba afligido, pues no quería perder a todos sus servidores por un solo hombre. Deseaba no haber visto nunca al sastrecillo y se puso a pensar cómo quitárselo de encima. Pero no se animó a despedirlo porque temía que lo fuera a matar a él y luego a todo su pueblo para consagrarse él mismo como rey. Se tomó un tiempo hasta que finalmente encontró una solución. Entonces ordenó que buscaran al sastrecillo y le dijeran que, en reconocimiento por sus grandes triunfos, deseaba hacerle un ofrecimiento. En el bosque de su reino había dos gigantes que causaban muchos daños con sus robos, asesinatos e incendios. Nadie podía acercarse a ellos, aunque contase con todo el armamento del mundo. Si los mataba, le entregaría a su hija como esposa y la mitad del reino como dote. Y también le mandó decir que podía llevar a cien jinetes de apoyo. "Esto sería algo interesante para un hombre como tú –se dijo el sastrecillo a sí mismo–; la bella princesa y medio reino, no está nada mal".

—Está bien –respondió–, a los gigantes los voy a dominar, pero a los cien jinetes no los necesito. El que mata a siete de un solo golpe no tiene por qué temer a dos.

Y se puso en marcha hacia el bosque. Cuando llegaron, les dijo a los jinetes:

14

—Aguarden acá afuera, ya me las arreglaré solo con los gigantes —y entró en el bosque, mirando para un lado y para el otro. Finalmente, encontró a los dos gigantes durmiendo debajo de un árbol. Sus ronquidos eran tan fuertes que las ramas se movían.

—¡Este juego ya lo tengo ganado! —dijo el sastrecillo. Se llenó los bolsillos de piedras y se subió al árbol justo encima de uno de los gigantes. Comenzó a tirarle en el pecho una piedra tras otra hasta que el gigante se despertó enfurecido, codeó a su compañero y le dijo:

—¡Ey! ¿Por qué me estás golpeando?

—¡Estás soñando! —le dijo el otro—. No te estoy golpeando.

Cuando intentaron volver a dormirse, el sastrecillo le tiró al otro una piedra en el pecho. Éste se levantó y le dijo a su compañero:

—¿Qué quieres? ¿Por qué me tiras piedras?

—¡Yo no te he tirado nada! —dijo el primero.

Y así siguieron peleando un rato más, pero, como estaban cansados, se tranquilizaron y los ojos se les volvieron a cerrar. El sastrecillo empezó de nuevo con el juego, buscó la piedra más grande y la tiró sobre el pecho del primer gigante con toda su fuerza.

—¡Esto es demasiado! —gritó dolido. Así que saltó como loco y empezó a pegarle a su compañero, quien no se quedó atrás y le pagó con la misma moneda. Los dos se pusieron

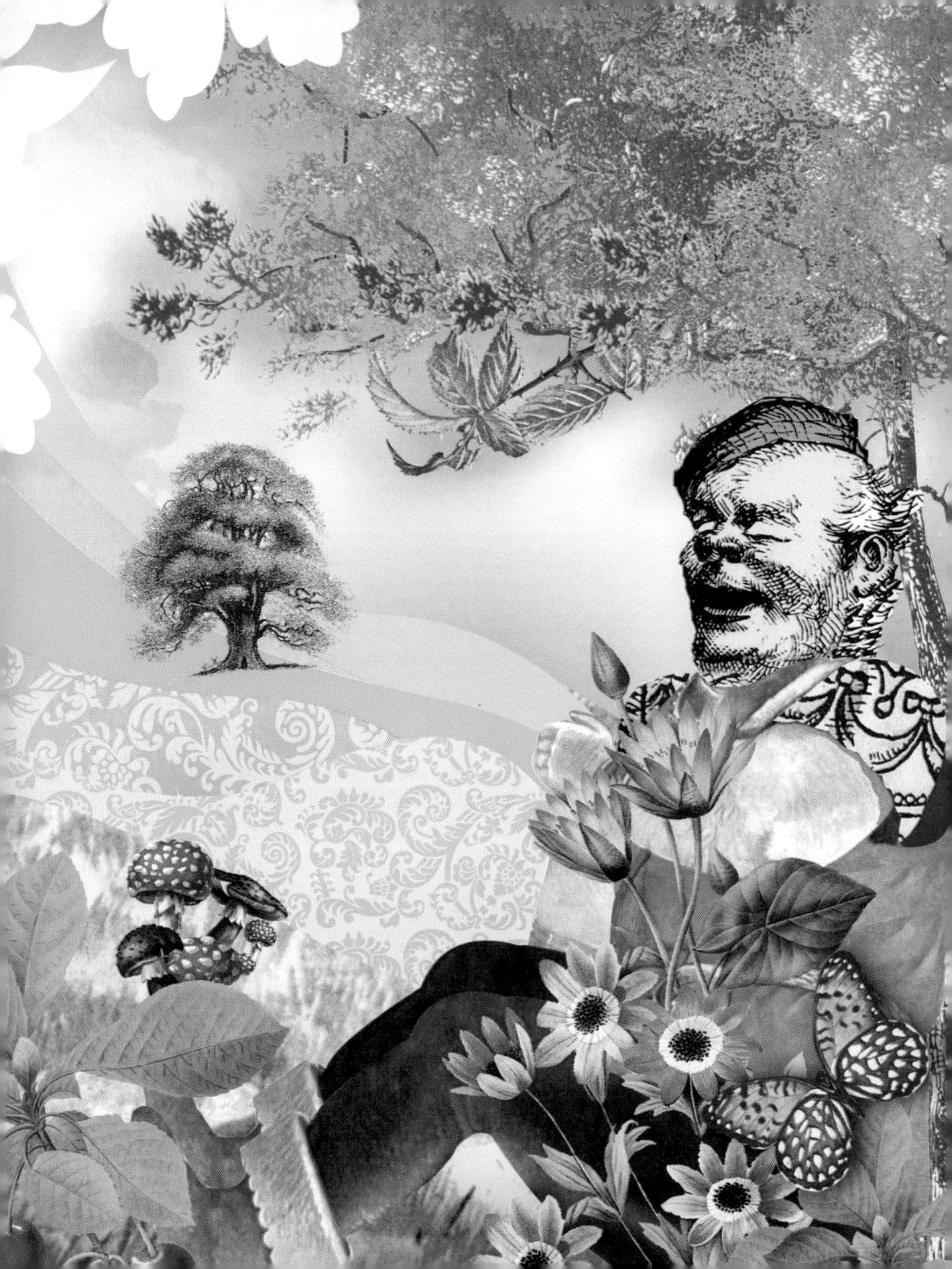

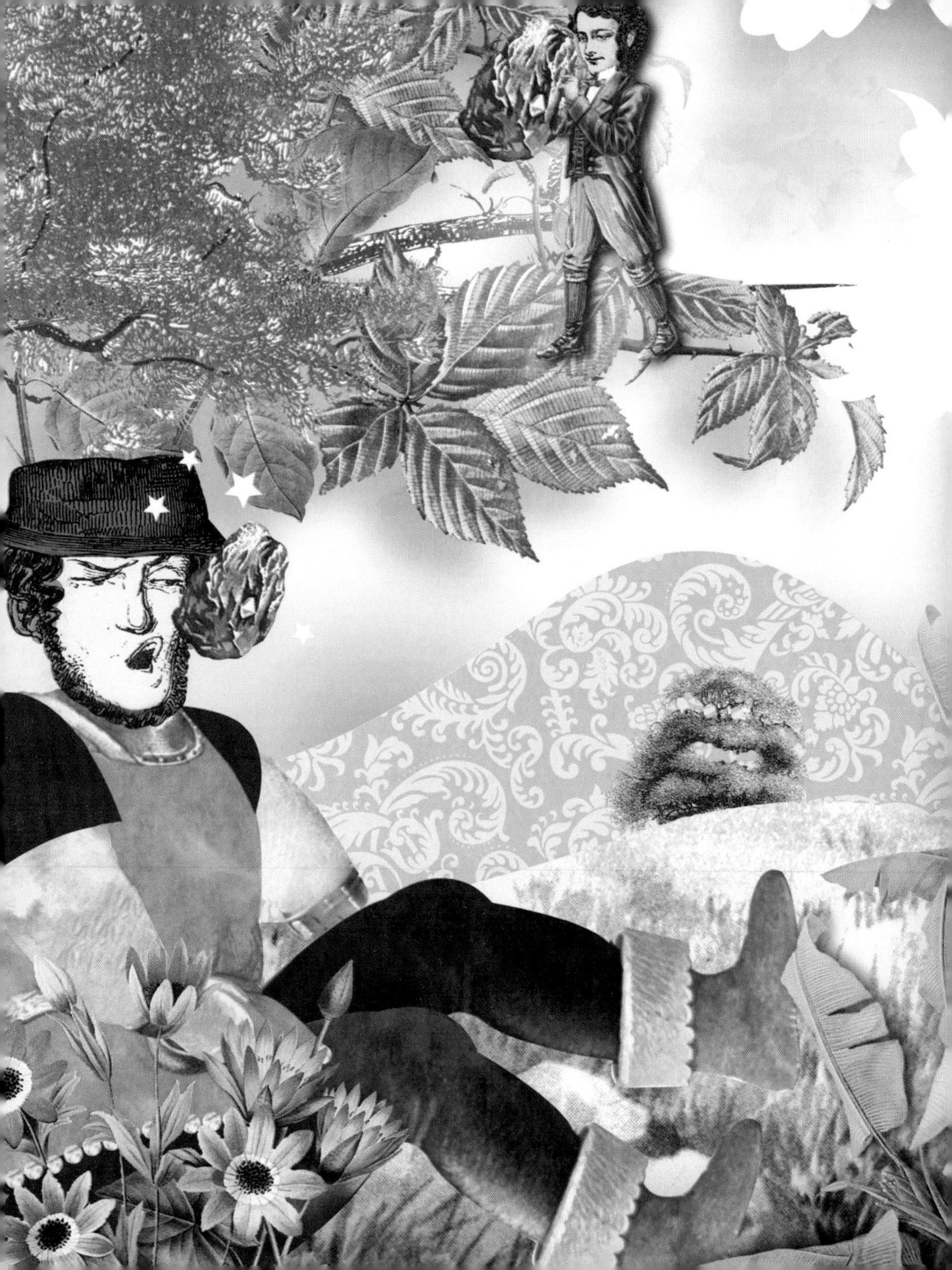

rabiosos, empezaron a arrancar árboles y se dieron una feroz golpiza entre ellos hasta que resultaron muertos los dos.

—¡Qué suerte tuve que no arrancaron el árbol en donde estaba sentado! –dijo el sastrecillo–. De lo contrario, me habrían hecho dar un salto bastante feo.

Luego bajó alegremente del árbol, sacó su espada, hirió a cada uno de ellos con una serie de golpes en el pecho y regresó a donde lo esperaban los jinetes.

—Allá están tirados los dos gigantes –les dijo–. Los maté a los dos. Para eso hacía falta alguien que matara a siete de un solo golpe, pues hasta arrancaron los árboles por el miedo que les dio.

—Pero ¿usted no está herido? –preguntaron los jinetes.

—Todo salió bien –contestó el sastrecillo–, no me han tocado ni un pelo.

Los jinetes no lo podían creer. Se metieron en el bosque hasta que encontraron a los gigantes en un charco de sangre y, alrededor de ellos, los árboles arrancados. Se asombraron y se atemorizaron aun más del sastrecillo. Ya no les quedaba ninguna duda de que los iba a matar a todos si llegaban a enemistarse con él. Entonces volvieron a casa y relataron al rey lo acontecido. También fue el sastrecillo y le dijo:

—Quisiera que me dé ahora lo prometido: la princesa y la mitad del reino.

El rey, ya arrepentido de su promesa, se puso a pensar nuevamente cómo deshacerse del héroe, a quien no pensaba entregarle su hija. Y le dijo que en el bosque había también un unicornio que causaba gran daño a los hombres y a los animales. Y que debería atraparlo primero antes de obtener su recompensa. El sastrecillo se dio por satisfecho, tomó una soguita, se marchó al bosque y ordenó a sus acompañantes que se quedaran afuera, que él solo iba a atrapar al unicornio. Entró en el bosque, caminó de aquí para allá buscando al unicornio. De repente, éste apareció corriendo directamente hacia él dando saltos y con la intención de atravesarlo con su cuerno.

—¡Despacio, despacio! –gritó el sastrecillo, se detuvo y esperó hasta que el animal estuviera cerca para saltar rápidamente detrás de un árbol. El unicornio, que no podía cambiar de dirección en su desbocada carrera, hundió su cuerno con tanta fuerza en el tronco, que no pudo sacarlo de ninguna manera. Una vez atrapado el unicornio, el sastrecillo salió de detrás del árbol, lo ató con la soga, lo llevó hacia donde lo esperaban sus compañeros; y luego, delante del rey, le pidió nuevamente que cumpliera con su promesa.

El rey se asustó; no obstante, se le ocurrió otra astucia y le dijo que, antes de poder festejar la boda, tendría que atrapar, con la ayuda de sus cazadores, a un jabalí que andaba por el bosque.

—Pero con mucho gusto –dijo el sastrecillo–, si eso es lo de menos.

Entonces volvió nuevamente al bosque e hizo esperar afuera a los cazadores. Éstos se quedaron contentos porque

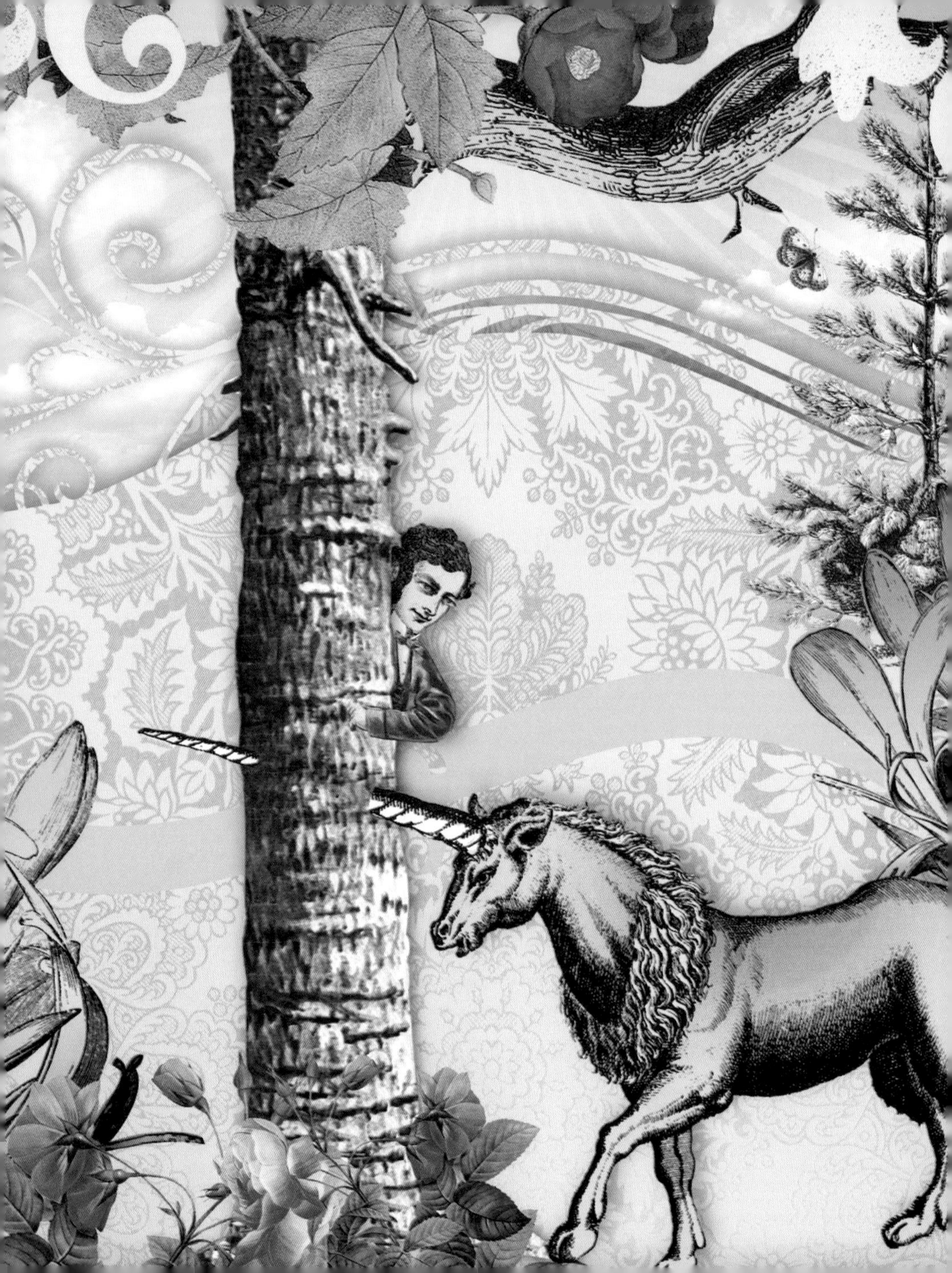

el jabalí los había recibido anteriormente de tal manera que no deseaban perseguirlo. Cuando el jabalí vio al sastrecillo, corrió derecho hacia él echando espuma, afilándose los colmillos y con toda la intención de tirarlo al suelo. Pero el sastrecillo se metió en una capilla que se hallaba en las cercanías, salió rápidamente por una ventana y cerró la puerta por afuera. El animal, que lo había seguido hasta el interior, no pudo saltar hasta la ventana y quedó atrapado en la capilla.

Entonces, el sastrecillo llamó a los cazadores para que pudieran verlo y volvió con el rey para decirle:

—Al jabalí ya lo atrapé y, con él, también a la princesa.

El rey no se puso contento con la noticia, pero ya no sabía qué hacer y tuvo que cumplir su promesa y darle por esposa a su hija al sastrecillo. Pese a todo, creía que se trataba de un gran guerrero. Si hubiera sabido que era un sastrecillo, habría sufrido todavía más. En consecuencia, el casamiento se celebró con gran lujo y poca alegría, y el sastrecillo se convirtió en rey.

Después de algunos días, la joven reina escuchó de noche al sastrecillo hablando en sueños:

—¡Hazme un vestido y arregla estos pantalones, o te golpearé con la vara en las orejas!

Entonces se dio cuenta del origen de su joven esposo y al otro día lloró sus penas a su padre pidiéndole que la liberara de ese hombre que resultó ser un simple sastre. El rey la consoló y le dijo:

—Mañana deja abierta tu alcoba, que habrá algunos sirvientes afuera y, cuando esté durmiendo, entrarán y se lanzarán sobre él.

La mujer estuvo de acuerdo. Pero el escudero del rey había escuchado todo y, como le tenía afecto al joven patrón, fue y se lo contó. El sastrecillo no perdió el buen ánimo y le dijo:

—Yo voy a manejar este asunto.

A la noche, se acostó a la hora de siempre con su esposa y al rato se hizo el dormido. Enseguida ella se levantó, abrió la puerta y se volvió a acostar. Entonces, el sastrecillo empezó a hablar con voz clara, como en sueños:

—¡Hazme un vestido y arregla estos pantalones, o te golpearé con la vara en las orejas! ¡Maté a siete de un solo golpe, maté a dos gigantes, atrapé un unicornio y un jabalí! ¡Qué voy a temer a quienes están esperando en la puerta de mi alcoba!

Cuando los criados escucharon las palabras del sastre, huyeron como si mil diablos los persiguieran y nadie se atrevió a tocar al sastrecillo. Así quedó esta historia y el humilde sastre siguió siendo rey por el resto de su vida.

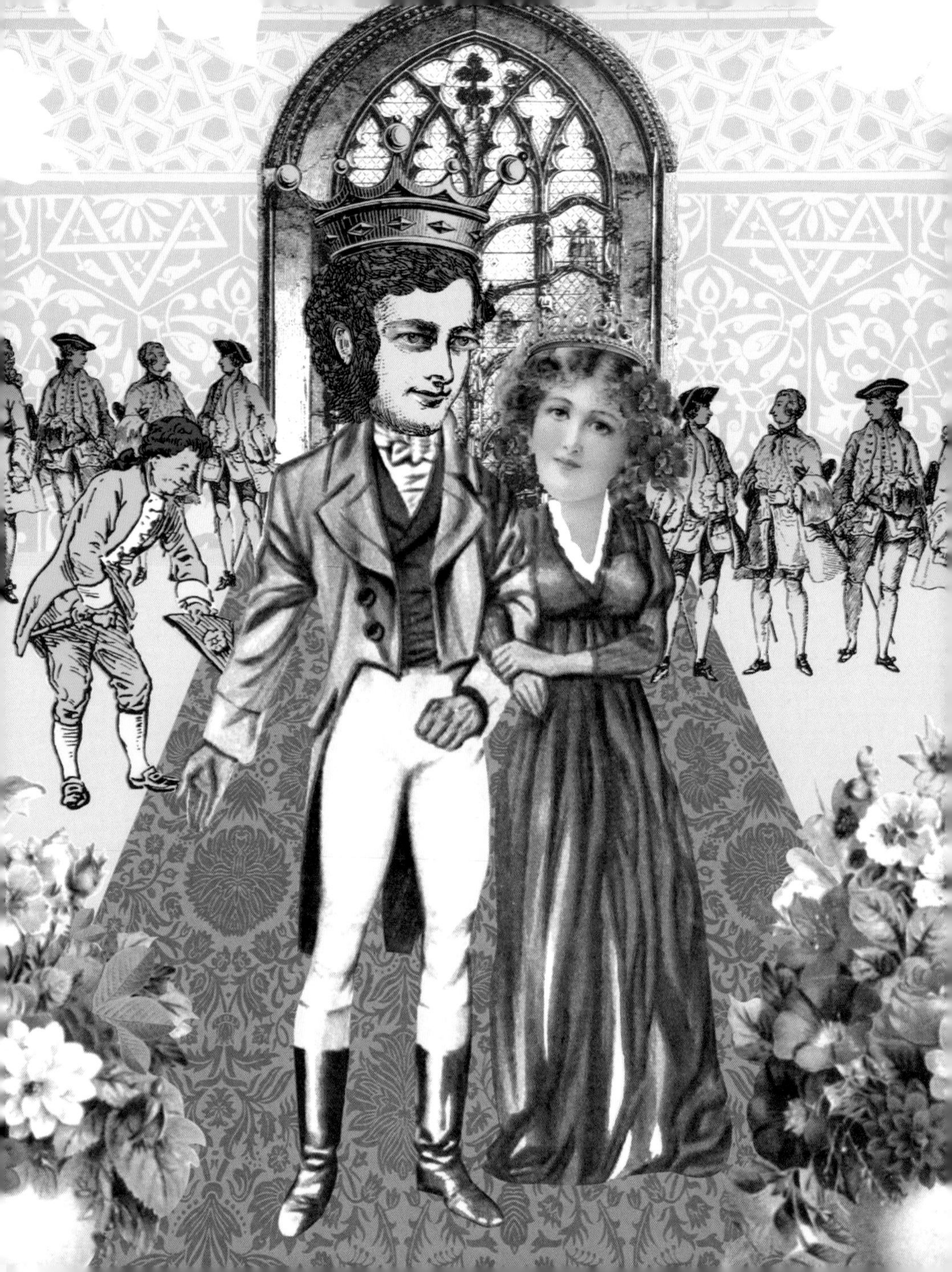

Hans el afortunado

Tras siete años al servicio de su patrón, cierto día Hans se acercó y le dijo:

—Patrón, se ha cumplido mi tiempo, quisiera volver a casa con mi madre, le pido que me dé mi paga y me deje ir.

—Me has servido fiel y honestamente. Así de bueno como ha sido el trabajo, así deberá ser la recompensa –le respondió el patrón, y le entregó un pedazo de oro, más grande que la cabeza de Hans. Éste sacó su pañuelo, envolvió el oro, se lo puso al hombro y se marchó.

Mientras avanzaba paso a paso, se encontró con un jinete que venía con su caballo al trote y, viéndolo tan descansado y alegre, se dijo a sí mismo en voz alta:

—Ay, qué hermoso es andar a caballo, sentado como en un sillón, sin tropezarse con las piedras y sin estropear los zapatos. ¡Además se avanza sin hacer esfuerzo!

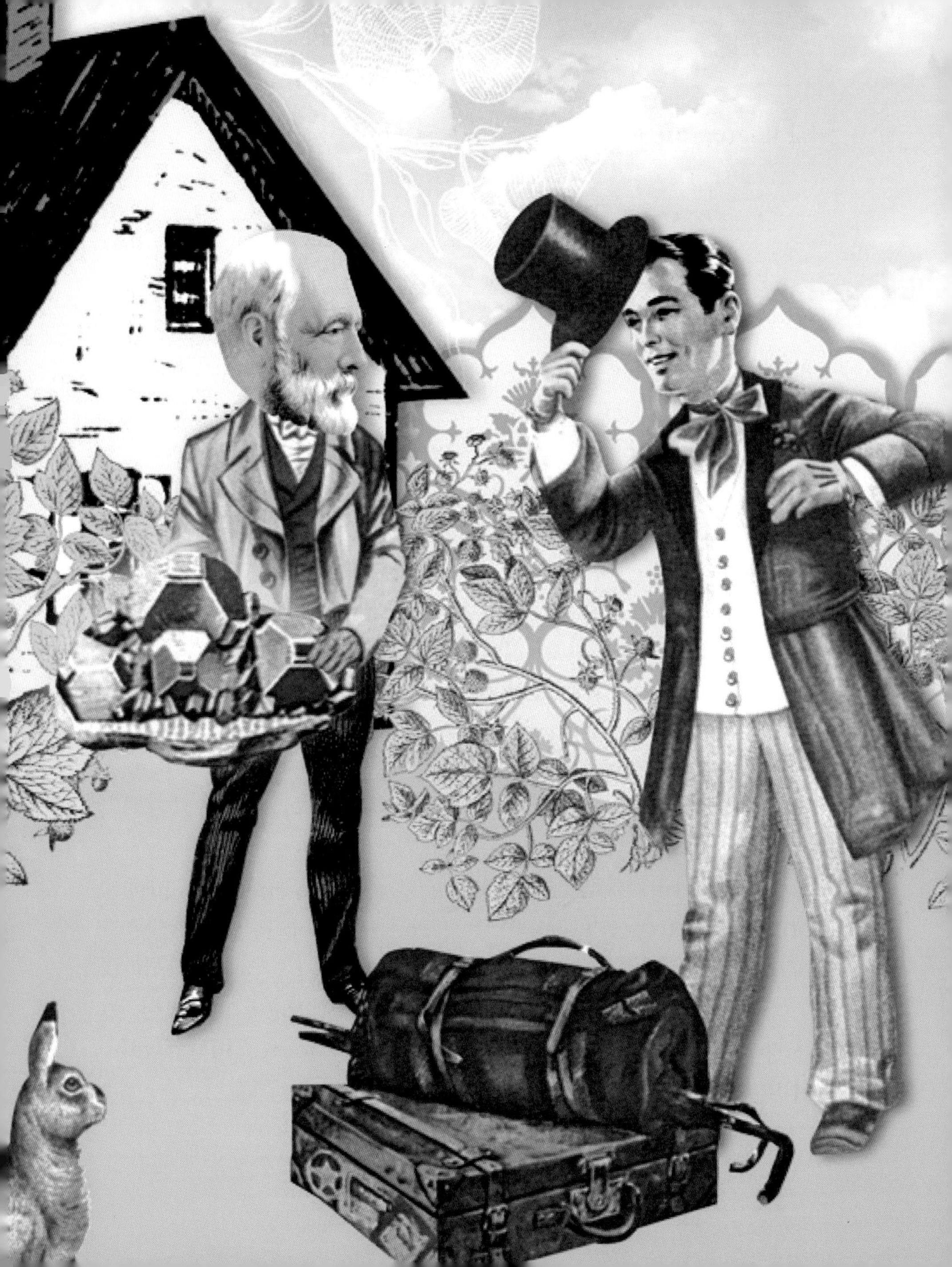

El jinete, que lo había escuchado, le gritó:

—Y bueno, Hans, ¿por qué entonces vas a pie?

—Es que tengo que llevar este bulto a mi casa. Es oro, pero no me deja mantener erguida la cabeza y hace que me duela el hombro.

—¿Sabes qué? –le dijo el jinete deteniendo el caballo–. ¡Cambiemos! Te doy mi caballo y tú me das el bulto.

—Con mucho gusto –le contestó Hans–, pero le advierto: va a tener bastante carga.

El jinete bajó del caballo, tomó el oro y ayudó a Hans a montar. Le entregó las riendas y se aseguró de que las tuviera firmemente agarradas.

—Cuando quieras andar bien rápido, sólo debes chasquear con la lengua y gritar: "¡Arre, arre!".

Hans se puso feliz de ir sentado en el caballo, andando libre y alegremente por el mundo. Al cabo de un rato pensó que le gustaría avanzar más ligero y comenzó a chasquear con la lengua y a gritar:

—¡Arre, arre!

El caballo empezó a trotar y, antes de darse cuenta, Hans dio con sus huesos en el suelo y se encontró en la zanja que separaba los campos del camino. Como si fuera poco, se le habría escapado el caballo si no lo hubiera parado un campesino que conducía a una vaca por el sendero. Hans se recompuso y se volvió a levantar.

Sin embargo, se había decepcionado.

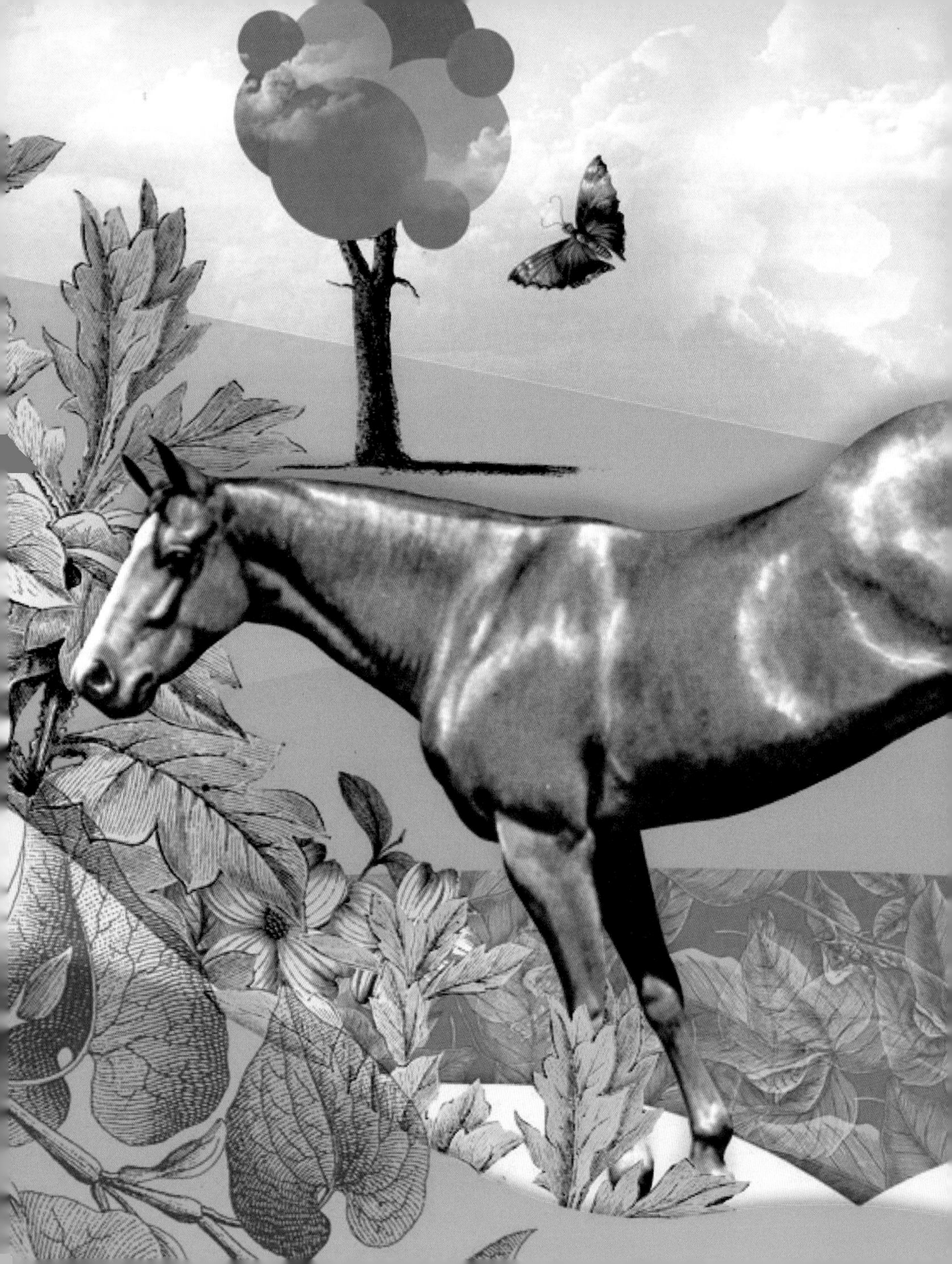

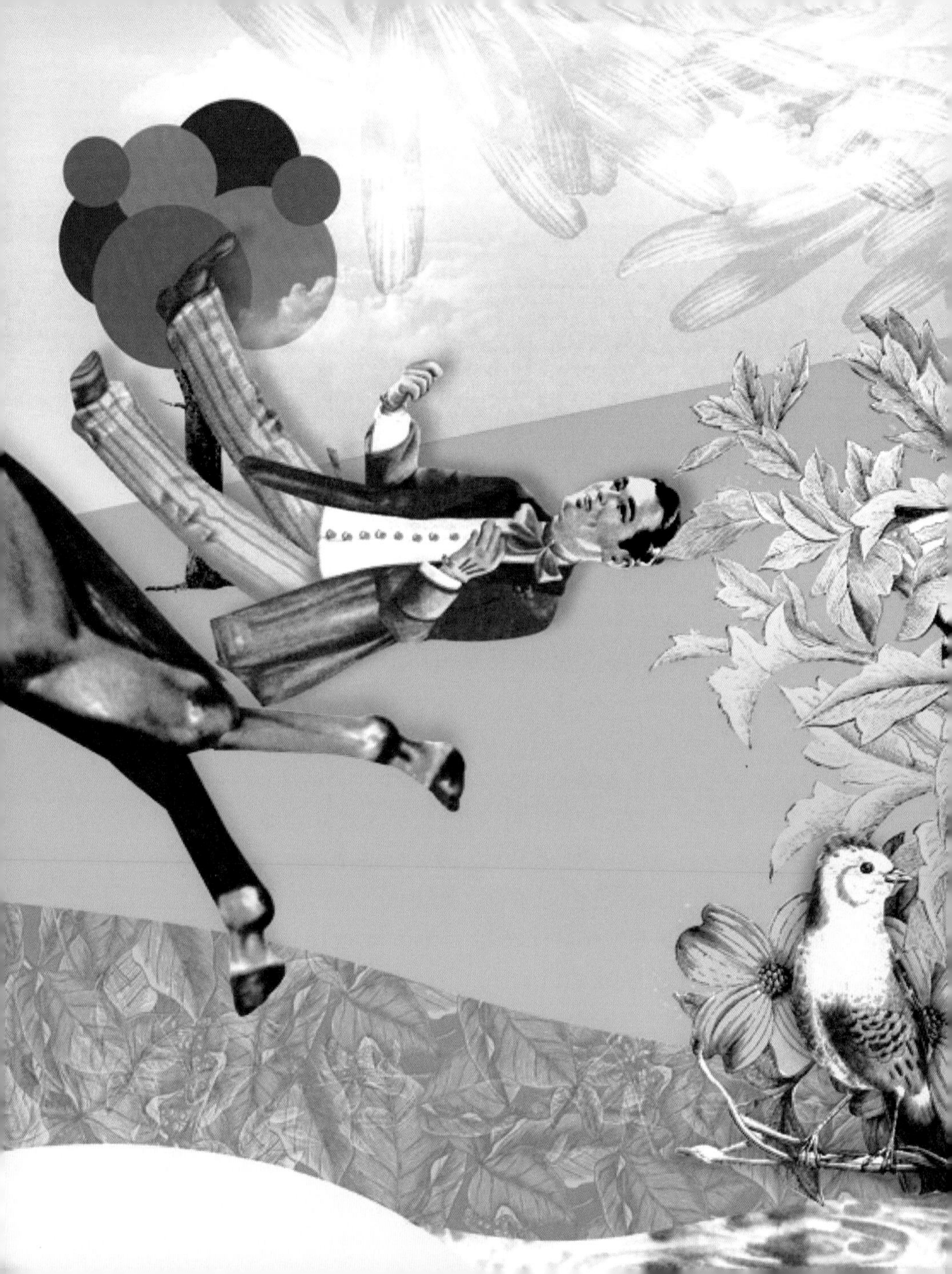

—Es muy difícil andar a caballo, más aún cuando le toca a uno un rocín como éste, que golpea y tira al jinete con el riesgo de matarlo. No volveré a montar nunca más. ¡Cuánto mejor es tener una vaca como la suya! Camina tranquilo detrás de ella y encima tiene leche, manteca y queso todos los santos días –le dijo al campesino.

—Bueno –le respondió el campesino–, si es un gran favor para usted, le puedo cambiar el caballo por la vaca.

Hans aceptó con suma alegría. El campesino se subió al caballo y se fue alejando a gran velocidad.

Hans, por su parte, arreó tranquilo a su vaca y se regocijó del buen trueque que había hecho.

—Sólo necesito un pedacito de pan, que no creo que me llegue a faltar, y tendré asegurada la manteca y el queso todas las veces que quiera. Cuando sienta sed, ordeñaré a mi vaca y tomaré leche. ¿Qué más puede anhelar el corazón?

Tras llegar a una posada, se detuvo, y comió alegremente todo lo que llevaba consigo y, con sus últimos centavos, se hizo servir medio vaso de cerveza. Luego siguió su viaje, siempre camino hacia el pueblo de su madre. No obstante, el calor se hacía cada vez más pesado con la cercanía del mediodía. Hans se encontraba en un matorral, y le parecía que necesitaba una hora más para atravesarlo cuando comenzó a sentir tanto calor que la lengua se le pegó en el paladar a causa de la sed.

—Esto no tiene remedio –pensó Hans–, ahora voy a ordeñar a mi vaca y deleitarme con la leche.

Ató la vaca a un arbolito seco y puso su gorro de cuero debajo de la ubre. Pero todos sus esfuerzos fueron en vano pues no logró sacarle una sola gota de leche. Como era tan torpe, la vaca finalmente se hartó y le dio una patada que le golpeó la cabeza con tal fuerza, que cayó tumbado al suelo y por un largo rato no supo dónde estaba. Tuvo la suerte de que en ese preciso momento pasara por el camino un carnicero que llevaba un lechón en una carretilla.

—¿Qué le sucedió? –exclamó, y ayudó al bueno de Hans a levantarse.

Hans le contó lo ocurrido. El carnicero le alcanzó su cantimplora y le dijo:

—Tome primero unos buenos tragos y descanse. No creo que esta vaca vaya a dar leche. Es un animal ya viejo que sirve como mucho para criar o para el matadero.

—¡Pero quién lo hubiera pensado! –dijo Hans, reacomodándose el cabello–. Por supuesto, no sería mala idea tener carne de res en casa. ¡Qué cantidad de carne que habría! Pero no me gusta mucho esta carne, para mi gusto le falta jugo. Si tuviera un lechón como éste, eso sí me gustaría. ¡Ni pensar en los embutidos!

—Escúcheme, Hans –le contestó entonces el carnicero–, para hacerle un favor, le dejaría el lechón a cambio de la vaca.

—¡Que Dios lo bendiga por su bondad! –exclamó Hans. Él le entregó la vaca y el carnicero bajó el lechón de la carretilla y le dio la soga con la que estaba atado.

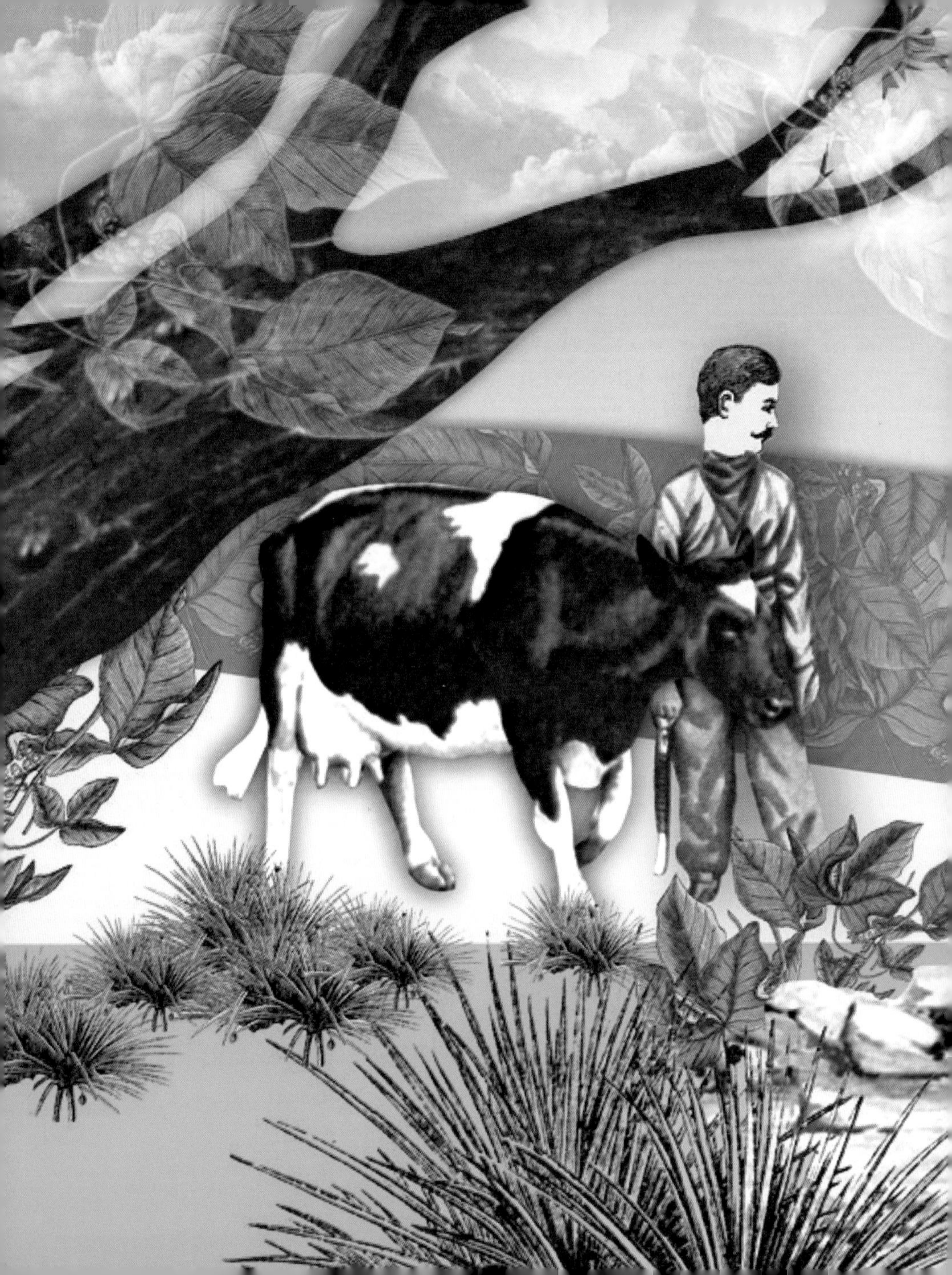

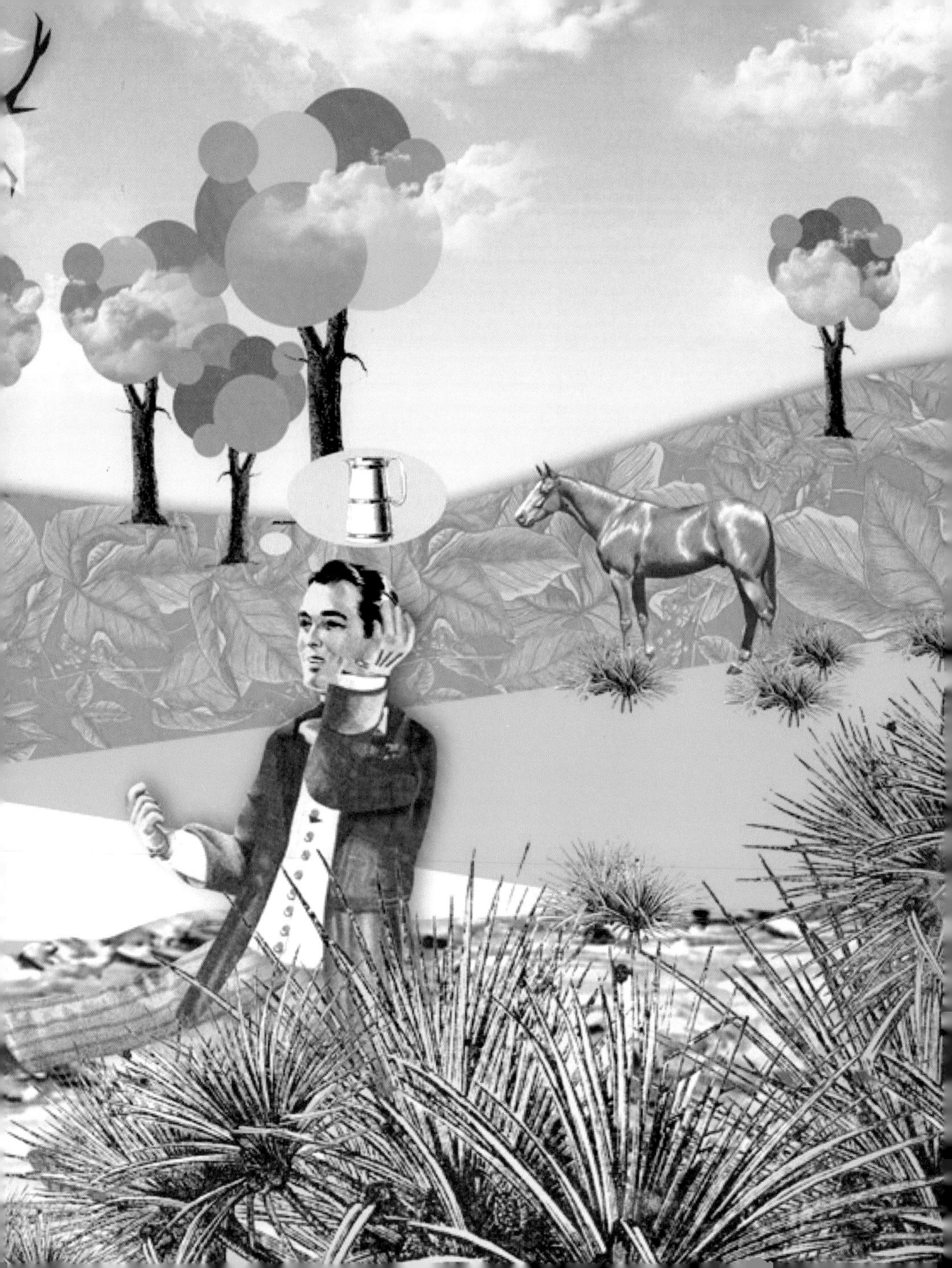

Hans siguió su camino, contento de que todo marchara según sus deseos. Siempre que se le presentaba un problema, enseguida se le solucionaba. Al rato, se acercó un muchacho que llevaba un hermoso ganso blanco debajo del brazo. Se ofrecieron mutuamente compartir el camino. Hans comenzó a contarle de su buena suerte y de los trueques tan ventajosos que había podido hacer.

El muchacho le dijo que llevaba el ganso para un bautismo.

—Téngalo un momento —siguió y lo agarró de las alas—, ¡vea qué peso tiene! Es que estuvo en engorda ocho semanas. ¡Se cocinará en su propia grasa!

—¡Es cierto! —le contestó Hans luego de pesar el ganso en su mano—, tiene su peso, pero mi lechón tampoco es de despreciar.

Mientras tanto, el muchacho miraba preocupado a su alrededor, asintiendo no obstante con la cabeza.

—Escúcheme —le dijo, cambiando de tono—, con su lechón puede haber un problema. Vengo de pasar por un pueblo donde le han robado un lechón al alcalde. Me temo que sea éste que usted lleva ahí. Sería un mal negocio si lo encontrasen con él; seguramente terminará en un calabozo.

El bueno de Hans se moría de miedo.

—¡Dios mío! —exclamó—. ¡Le ruego que por favor me ayude en esta emergencia! Usted conoce mejor la zona; por favor, llévese el lechón y déjeme el ganso.

—Voy a tener que arriesgarme –respondió el mucha-cho–, no quiero ser yo el responsable si le ocurre alguna desgracia –entonces agarró la soga y se llevó el lechón rápidamente por un sendero lateral. Hans, entretanto, se vio liberado de toda preocupación y, con el ganso bajo el brazo, siguió rumbo a su hogar.

—Pensándolo bien –se decía a sí mismo–, saqué ventaja con este trueque. Primero tendré un buen asado de ganso; luego, con toda la grasa que saldrá al cocinarlo, podré comer pan con grasa de ganso durante unos cuantos meses. Y, finalmcnte, con las hermosas plumas blancas, me mandaré hacer una almohada para dormir en ella sin que nadie me acune. ¡Qué alegría tendrá mi madre!

Tras pasar por el último pueblo, encontró a un afilador con su carro que cantaba mientras afilaba:

Chispas, chispitas
como estrellitas
y una tijerita
bien afiladita.

Hans se quedó parado, mirándolo. Finalmente se dirigió a él.

—Usted también tiene suerte. Se le ve afilando con tanto entusiasmo...

—Es verdad –contestó el afilador–; al que sabe a fondo un oficio, nunca le faltará nada. No hay buen afilador que al meter la mano en el bolsillo no encuentre oro allí. Y hablando

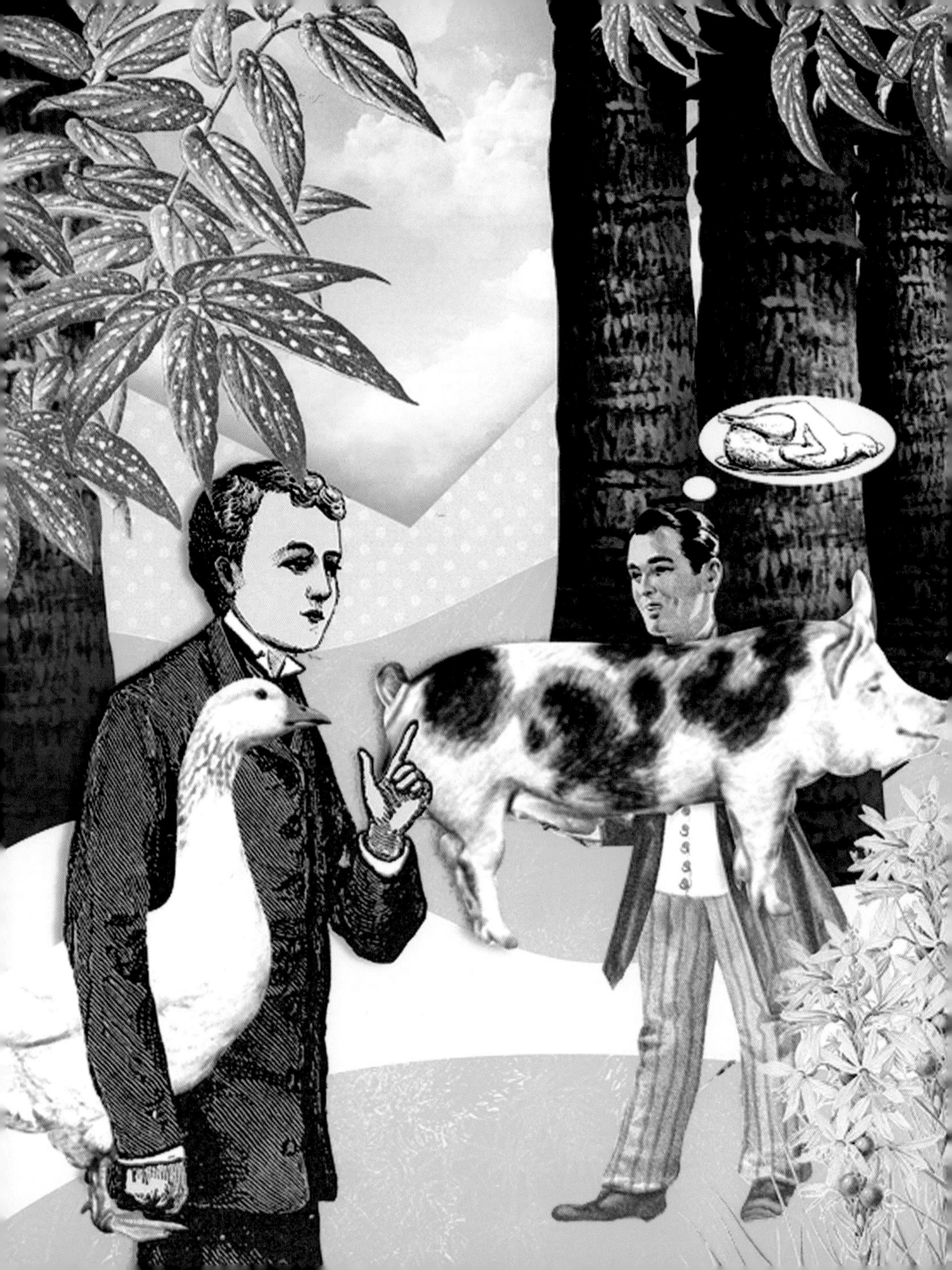

de otra cosa, dígame, ¿dónde compró usted ese hermoso ganso?

—No lo compré, lo cambié por un lechón.

—¿Y el lechón?

—Lo recibí a cambio de una vaca.

—¿Y la vaca?

—Me la dieron por un caballo.

—¿Y el caballo?

—Por él di un pedazo de oro tan grande como mi cabeza.

—¿Y el oro?

—Bueno, ésa fue mi paga por siete años de trabajo.

—Veo que siempre ha sabido arreglárselas –dijo el afilador–. Si ahora logra tener dinero en el bolsillo cada vez que se levanta, será rico.

—¿Y cómo le hago? –le preguntó Hans.

—Tiene que hacerse afilador como yo. En realidad, no necesita más que una piedra de afilar, y todo lo demás se dará solo. Aquí tengo una, está un poco dañada, así que se la daré a cambio de su ganso. ¿Acepta?

—¡Pero cómo no! –le contestó Hans, alcanzándole el ganso–. Ahora seré el hombre más feliz de la Tierra. Contando con dinero cada vez que meta la mano en el bolsillo, ¿qué preocupaciones podré tener?

—Pues –dijo el afilador, y levantó del suelo una enorme piedra común que se encontraba ahí–, aquí tiene además una buena piedra. Sobre ella podrá enderezar los clavos usados. ¡Tómela y consérvela bien!

Hans tomó la piedra y siguió su camino. Le brillaban los ojos de alegría y se decía a sí mismo:

—¡Debo de haber nacido afortunado, porque siempre se me da todo lo que deseo!

Sin embargo, como ya estaba en viaje desde el amanecer, empezó a sentirse cansado y también con hambre. No le quedaba nada para comer, lo había devorado todo por la alegría que sintió al haber conseguido la vaca. A duras penas avanzó, parando a cada rato, mientras las piedras le pesaban terriblemente. No pudo resistirse ante la idea de lo lindo que sería no tener que llevarlas. A paso de tortuga, alcanzó un aljibe que se encontraba en un campo. Allí quiso descansar y refrescarse con unos tragos de agua fría. Para no dañar las piedras al sentarse, las apoyó cuidadosamente en el borde del aljibe. Luego se dio vuelta y se agachó para beber cuando, en un pequeño descuido, las rozó un poco y ambas piedras cayeron al pozo. Al ver Hans que las piedras desaparecían en la profundidad del aljibe, saltó de alegría y luego, arrodillándose, agradeció a Dios con lágrimas en los ojos por haberle dado la gracia de liberarlo de manera tan benévola de las piedras. Eso era lo único que le faltaba para su felicidad.

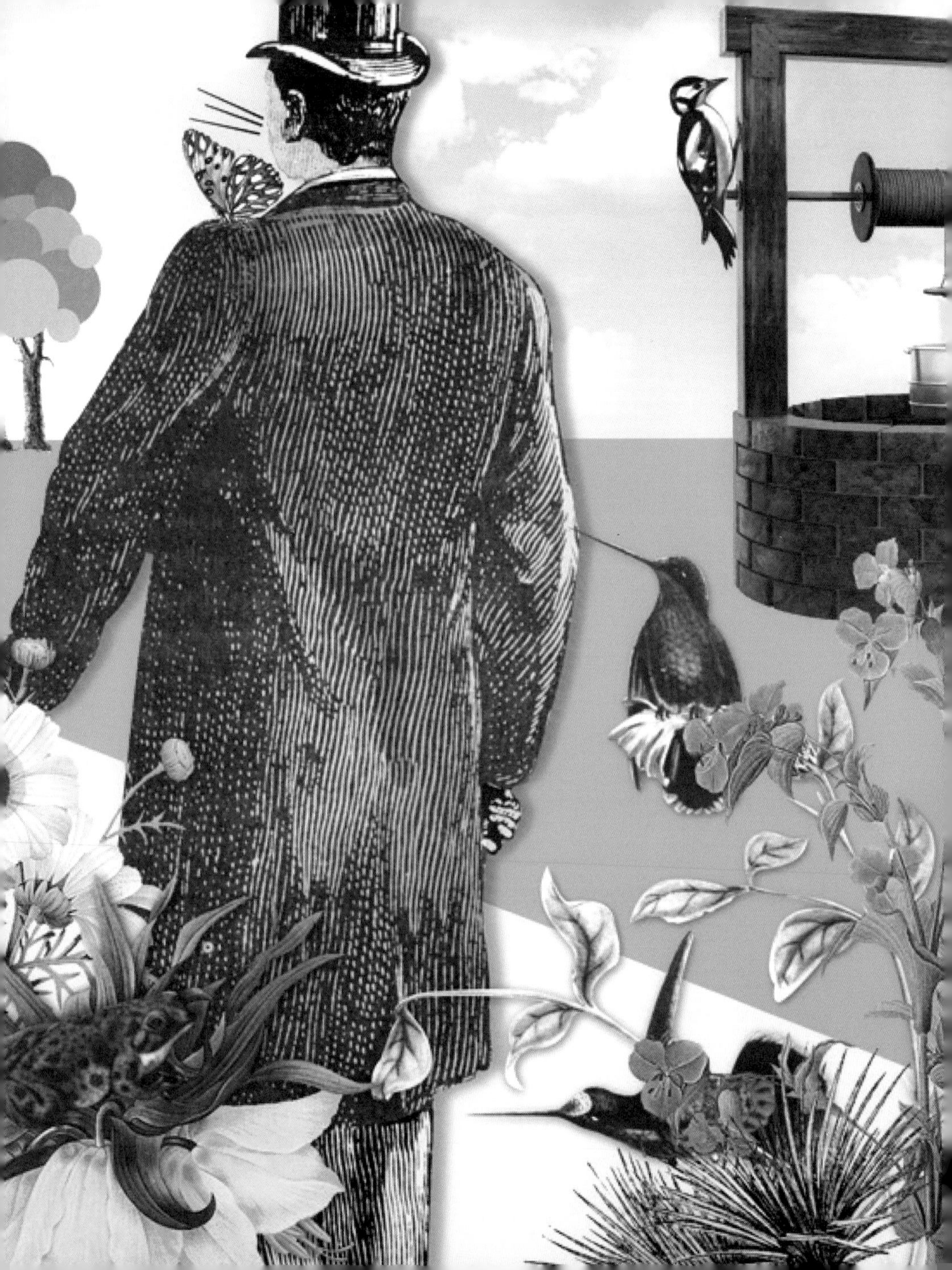

La mesa, el burro y el palo

Había una vez un sastre que tenía tres hijos varones y una sola cabra que debía alimentarlos a los cuatro con su leche.

—Por eso tiene que comer bien –dijo el sastre–, y hay que llevarla todos los días a pastar.

Entonces los hijos se turnaron para llevarla a pastar. El mayor la llevó al patio de la iglesia donde crecían hierbas aromáticas, la dejó saltar y comer donde quería. Cuando se hizo de noche y quiso volver a la casa, le preguntó:

—Cabra, ¿estás satisfecha?

Y la cabra le contestó:

Es que tan llena estoy de hierba y hoja,
que ya nada se me antoja. ¡Beee!, ¡beee!

—Entonces, ¡vamos a casa! –le dijo el muchachito, que agarró la pequeña soga, la llevó al establo y la ató.

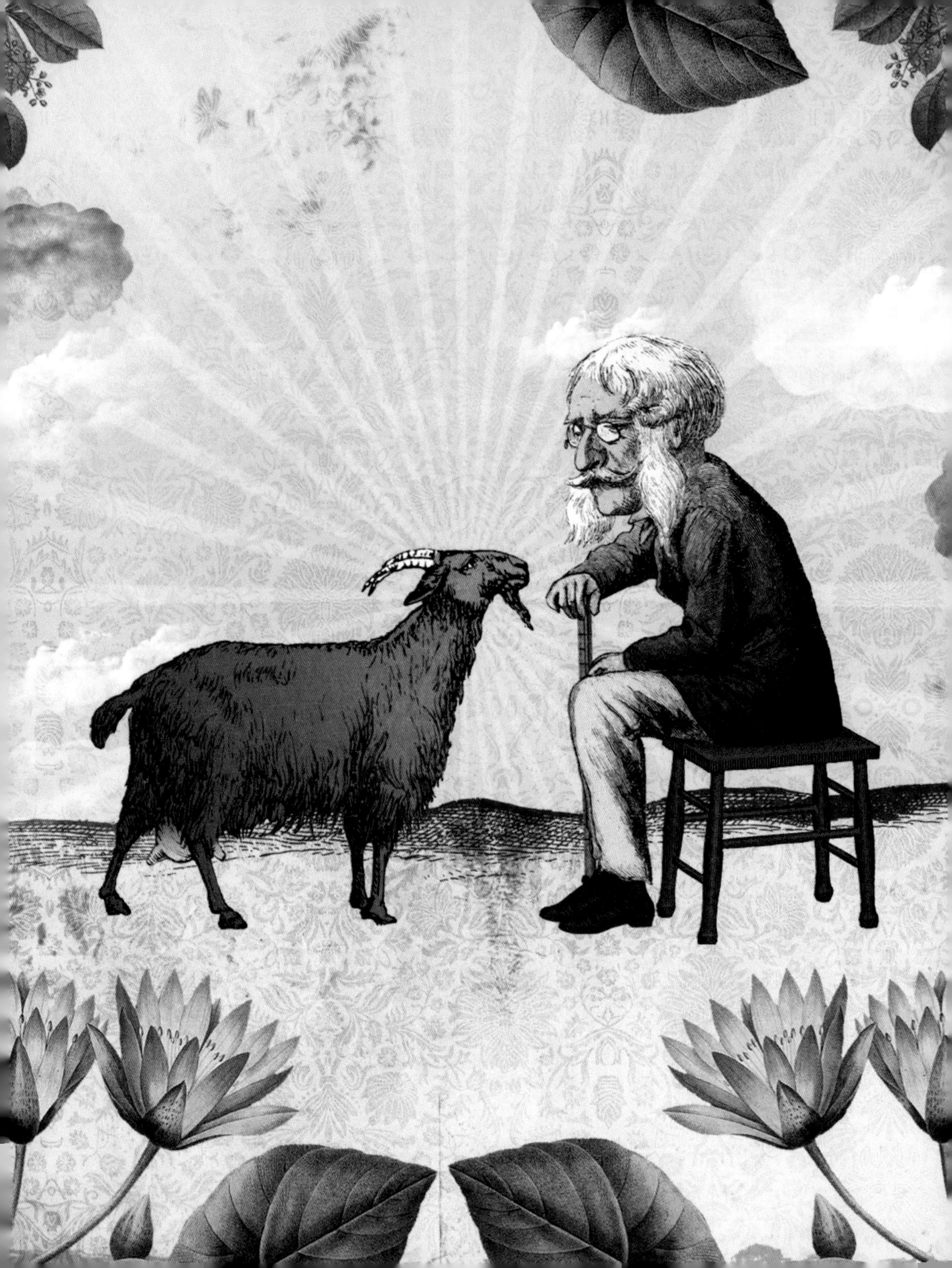

—¿Y? –preguntó el viejo sastre–. ¿Tuvo la cabra su ración de alimento?

—Oh –le contestó el hijo–, tan llena está de hierba y hoja que ya nada se le antoja. El padre, que quería cerciorarse él mismo, bajó al establo y le preguntó:

—¿Estás satisfecha?

Y el animal le respondió:

¿De qué quieres que esté llena
si sólo salté por leña,
si para comer no encontré? ¡Beee!, ¡beee!

El sastre se enojó, subió a la vivienda y le dijo al muchachito:

—¡Mentiroso! ¿Por qué dejaste que mi cabra sufriera hambre?

Y sacó su vara de medir para echarlo a golpes.

Al otro día le tocó al segundo. Éste también llevó a la cabra a un lugar lleno de buenas hierbas y ella se las comió todas. Cuando caía la noche y quiso volver, le preguntó:

—¿Estás satisfecha?

Y el animal le contestó:

Es que tan llena estoy de hierba y hoja,
que ya nada se me antoja. ¡Beee!, ¡beee!

—Entonces, ¡vamos a casa! –dijo el niño, quien tiró de la soga y la ató en el establo.

—¿Y? –preguntó el viejo sastre–. ¿Ha tenido la cabra su ración de alimento?

—Oh –le contestó el hijo–, tan llena está de hierba y hoja que ya nada se le antoja.

El padre, que quería cerciorarse él mismo, salió y preguntó:

—¿Estás satisfecha?

El animal le respondió:

¿De qué quieres que esté llena
si sólo salté por leña,
si para comer no encontré? ¡Beee!, ¡beee!

—¡Qué malvado! –gritó el sastre–. ¿Cómo puede permitir que un animal tan bueno sufra hambre? –Entró en la casa, sacó la vara de medir y castigó al niño hasta que éste salió corriendo por la puerta.

Entonces, le tocó el turno al tercer hijo, quien, para asegurarse, le buscó a la cabra la mejor comida del mundo. Cuando anocheció y quiso volver a casa, le preguntó:

—¿Estás satisfecha?

Y el animal le contestó:

Es que tan llena estoy de hierba y hoja,
que ya nada se me antoja. ¡Beee!, ¡beee!

—Entonces, ¡vamos a casa! –dijo el niño, y la llevó al establo, donde la ató.

—¿Y? –preguntó el viejo sastre–. ¿Ha tenido la cabra su ración de alimento?

—Oh –le contestó el hijo–, tan llena está de hierba y hoja que ya nada se le antoja.

Pero el viejo sastre no confiaba del todo, bajó al establo y preguntó:

—¿Estás satisfecha?

El malicioso animal le respondió:

¿De qué quieres que esté llena

si sólo salté por leña,

si para comer no encontré? ¡Beee!, ¡beee!

—¡Oh, vas a ver, maldito mentiroso! –gritó el sastre, lleno de furia–. ¿Me quieres tomar el pelo? –y con la cara enrojecida volvió a subir para buscar la vara y echó también a su tercer hijo.

Entonces se quedó solo con la cabra. A la mañana del otro día le dijo:

—¡Vamos, querido animalito, quiero llevarte a comer! –tomó la soga y la llevó a un sitio donde había arbustos aromáticos, excelentes pastos y todo lo que les gusta a las cabras. Allí la dejó pastar hasta que se hizo de noche. Luego le preguntó:

—¿Estás satisfecha?

Y ella le contestó:

Es que tan llena estoy de hierba y hoja,

que ya nada se me antoja. ¡Beee!, ¡beee!

—Entonces, ¡vamos a casa! –dijo el sastre, la llevó al establo y la ató.

—¡Al fin pudiste saciarte! –exclamó al irse. Pero la cabra no lo trató mejor que a sus hijos y le respondió:

¿De qué quieres que esté llena
si sólo salté por leña,
si para comer no encontré? ¡Beee!, ¡beee!

Al escuchar aquello, el sastre se dio cuenta de que había echado injustamente a sus tres hijos.

—¡Espera, animal ingrato! –exclamó–, ¡no voy a permitir que sigas entre gente honrada! –Subió a la casa y buscó su navaja, enjabonó la cabeza de la cabra y la rapó hasta dejarla tan lisa como la palma de su mano. Luego agarró el látigo y la echó de allí.

El sastre se quedó triste de tener que andar solo por la vida. Hubiera querido que sus hijos volvieran con él, pero ya había pasado el tiempo y nadie conocía sus paraderos.

El hijo mayor se había hecho aprendiz de un ebanista, de quien obtuvo los conocimientos con diligencia y entusiasmo. Cuando le llegó el momento de irse, el maestro le dio una mesita de madera común como cualquier otra, pero al colocarla en el suelo y decir: "¡Mesita, cúbrete!", se cubría enseguida con un mantelito limpio, un plato, un cubierto, tantos platones con comidas fritas y asadas como cabían, y una copa de vino tinto cuyo resplandor le llenaba a cualquiera el corazón de felicidad. El buen muchacho se puso contento pensando que así iba a tener siempre lo necesario para el resto de su vida. Salió alegremente al mundo y no se preocupaba si una posada era buena o mala; pues, cuando le daba por comer, en medio del campo, del bosque o de una pradera, le bastaba con bajar la mesita del hombro, apoyarla en el suelo y decirle: "¡Mesita, cúbrete!". Y enseguida tenía delante de él todo lo que podía desear. Finalmente, un día pensó: "Tendré que volver a ver a mi padre; seguramente con la mesita me va a recibir nuevamente con gusto". En su viaje de regreso, una noche llegó a una posada en la que había mucha gente. Lo invitaron y le dijeron que pidiese lo que quisiera y que se sentara con ellos.

—¡Cómo no! –dijo el ebanista–, pero como no quiero quitarles los pocos bocados que tienen, prefiero que ustedes sean mis invitados.

Cuando puso su mesita de madera en el centro del salón y dijo: "¡Mesita, cúbrete!", pensaron que estaba haciendo un chiste, pero enseguida la mesa quedó cubierta de tantas comidas que el posadero, aunque hubiera querido, no habría podido nunca servirles, y su aroma les abrió el apetito de la manera más agradable.

—¡Ay, así es la cosa! –dijeron los huéspedes–. Entonces nos vamos a servir –y acercaron sus sillas, sacaron sus cuchillos y comieron sin privarse de nada, porque cada vez que se retiraba una fuente vacía, aparecía una llena en su lugar.

Así, los huéspedes siguieron festejando con el ebanista, mientras el posadero se había quedado parado en un rincón observándolos sin saber qué pensar de todo eso, diciéndose a sí mismo: "Un cocinero como éste vendría bien a mi posada".

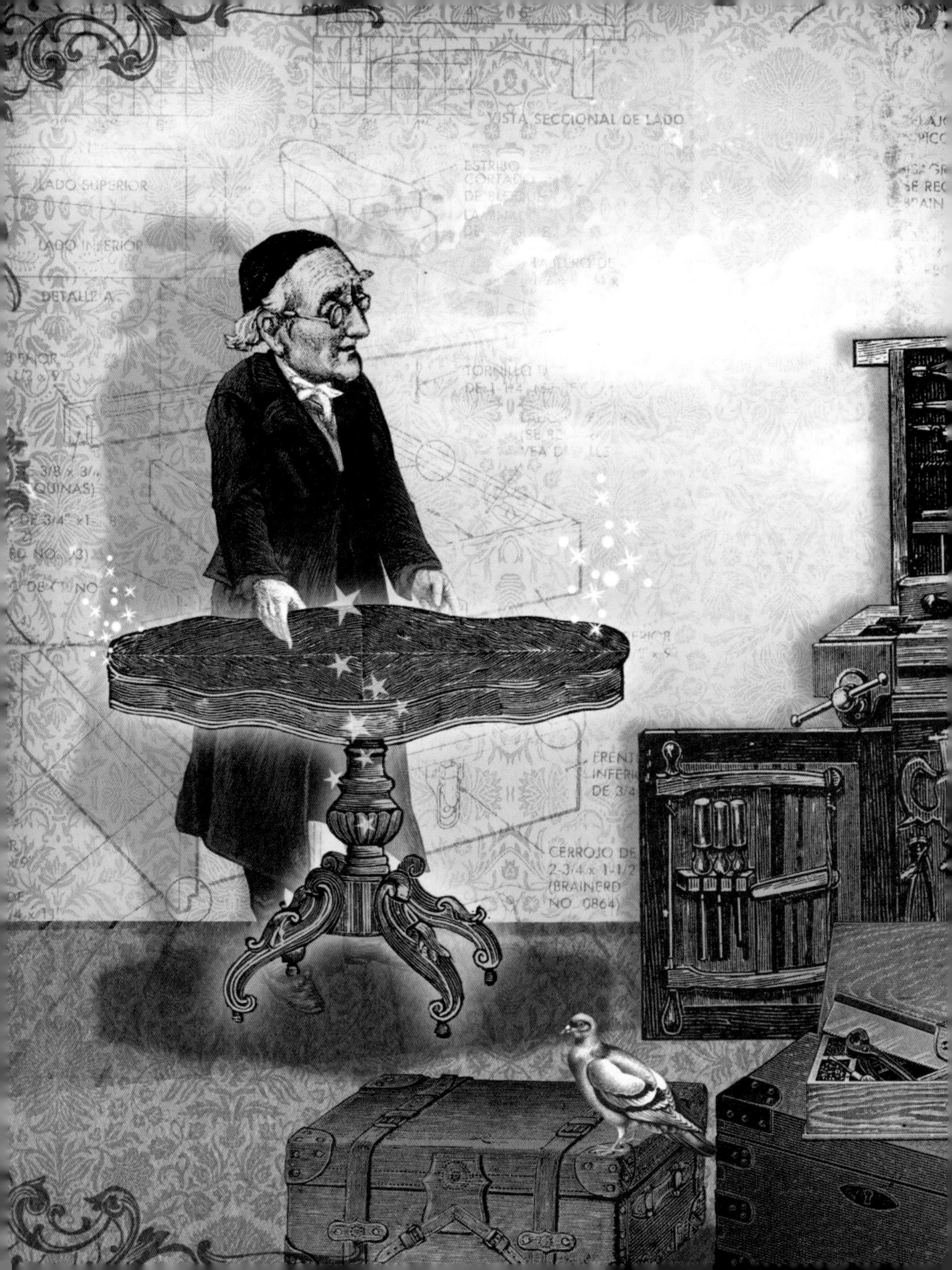
VISTA SECCIONAL DE LADO
LADO SUPERIOR
ESTRIBO
CERROJO DE
(BRAINERD
NO. 0864)

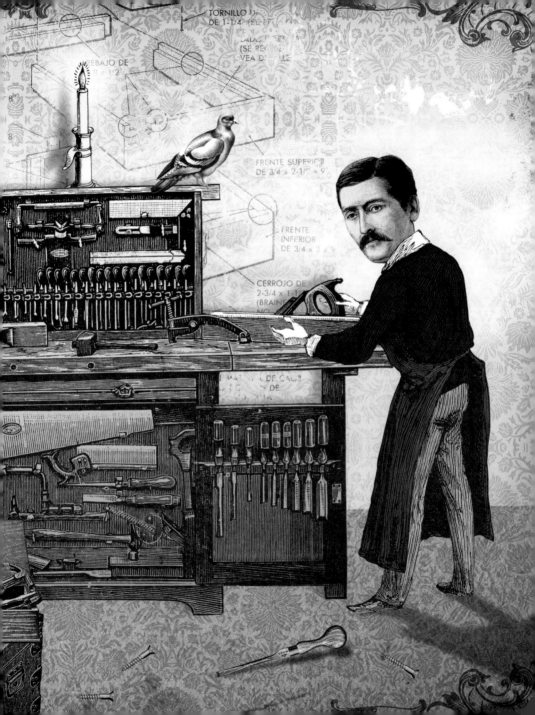

TORNILLO DE
DE 1-1/4" (SE P.

LADO
(SE RE
VEA D   LLE

EBAJO DE
8 x 1/2"

FRENTE SUPERIOR
DE 3/4 x 2-1/2 x 9"

FRENTE
INFERIOR
DE 3/4 x 3

CERROJO DE
2-3/4 x 1-1
(BRAINE
N

MAT   DE CAOB
DE

Por fin, los huéspedes se fueron a descansar. Antes de acostarse, el ebanista dejó la mesita maravillosa en un rincón contra la pared. El posadero, que no lograba dormir por todo lo que le pasaba por la cabeza, se levantó a la medianoche, fue a su depósito, sacó una mesita vieja que era idéntica a la otra y las intercambió. Al otro día, el ebanista pagó el alojamiento, sacó la mesita del rincón sin pensar que podría ser falsa y siguió su camino. Al mediodía llegó a la casa de su padre, quien lo recibió con gran alegría y le preguntó:

—Dime, mi hijo, ¿qué has aprendido?

—Aprendí el oficio de ebanista, padre.

—¿Y qué trajiste de tu viaje? –preguntó el anciano.

—Lo mejor que traje es esta mesita, padre.

El sastre la miró y vio que era una mesita vieja y pobre, pero el hijo le aseguró:

—Es una mesita maravillosa. Cuando la apoyo y le digo que se cubra, enseguida se llena de manjares, acompañados de un vino de tan buena calidad que alegra el corazón. Así que invita a toda la familia para que venga a deleitarse y a festejar, que la mesita tendrá comida hasta que todos estén satisfechos.

Cuando todos los familiares estuvieron reunidos, el ebanista colocó su mesita en el centro de la habitación y le ordenó:

—¡Mesita, cúbrete!

Pero nada pasó, y la mesa quedó tan vacía como cualquier otra que no entiende cuando se le habla. Al darse cuenta de que le habían robado la suya, se avergonzó por quedar como un mentiroso, mientras que los familiares se volvieron a sus casas sin haber bebido ni comido nada. Entonces, el padre se vio obligado a seguir cosiendo y el hijo, a buscar un empleo con un maestro carpintero.

El segundo hijo se había quedado con un molinero y aprendido con él. Cuando finalizaron sus años de formación, el molinero le dijo:

—Como te portaste tan bien, te regalo un burro. Pero no tira de ningún carro ni carga bolsas.

—Entonces, ¿para qué sirve? –preguntó el joven molinero.

—Escupe oro –le contestó su maestro–. Si lo pones sobre un gran pañuelo y le dices: "Briquelebrit", va a dar monedas de oro por delante y por detrás.

—Eso es algo lindo –dijo el joven molinero, agradeciendo a su maestro, y salió al mundo. No importaba por dónde fuera; pues aun las cosas de más calidad eran insuficientes para él. Prefería lo más caro porque tenía con qué pagarlo. Luego de recorrer algo del mundo pensó que debía ir a ver qué hacía su padre. Con el burro que escupía oro, seguramente lo recibiría con gusto.

Y, casualmente, fue a la misma posada en la que había estado su hermano. El posadero fue a agarrar el burro, pero él le dijo:

—No, gracias, yo mismo voy a llevar mi burrito a la caballeriza y a atarlo, pues tengo que saber dónde se encuentra.

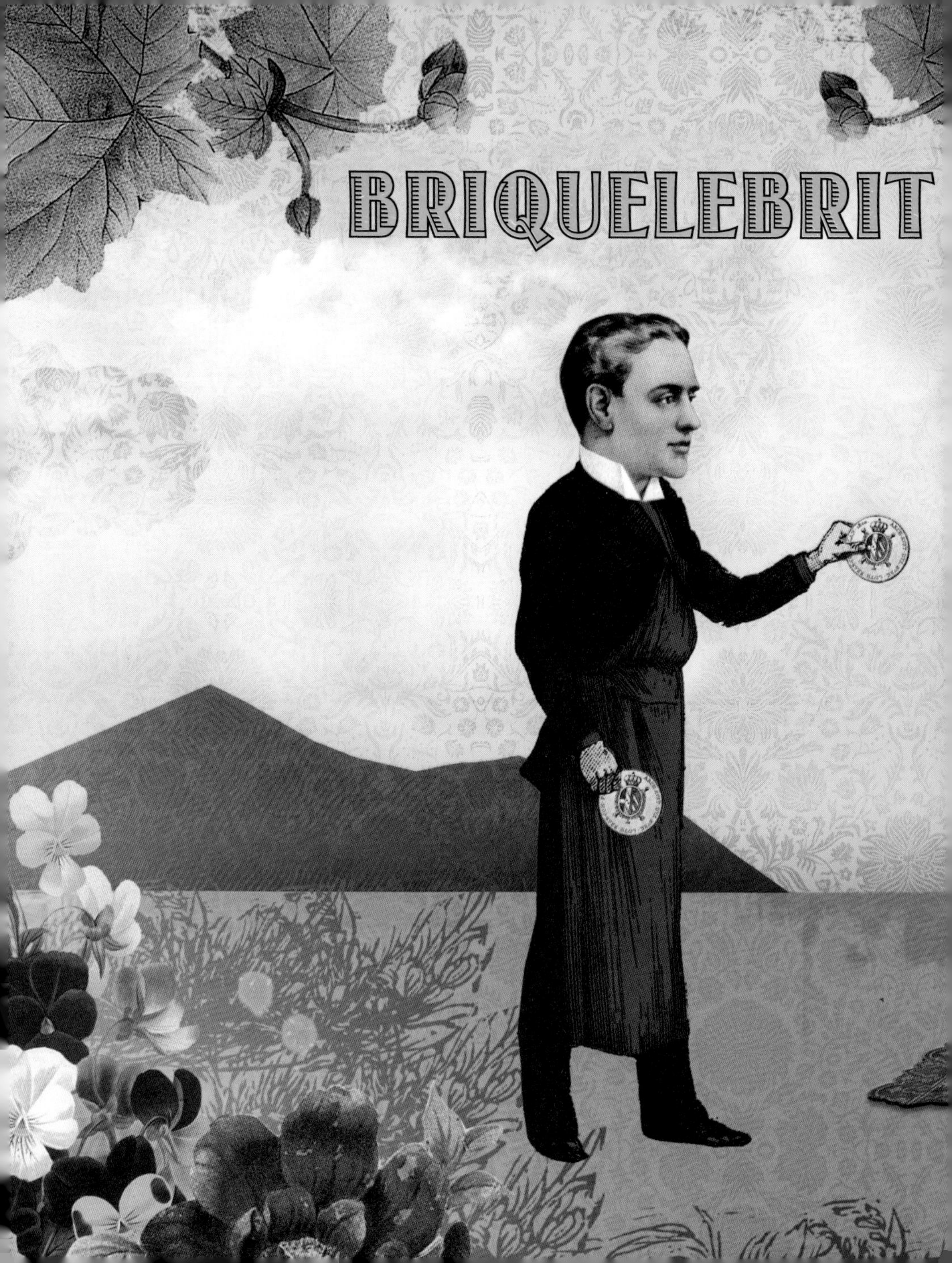
BRIQUELEBRIT

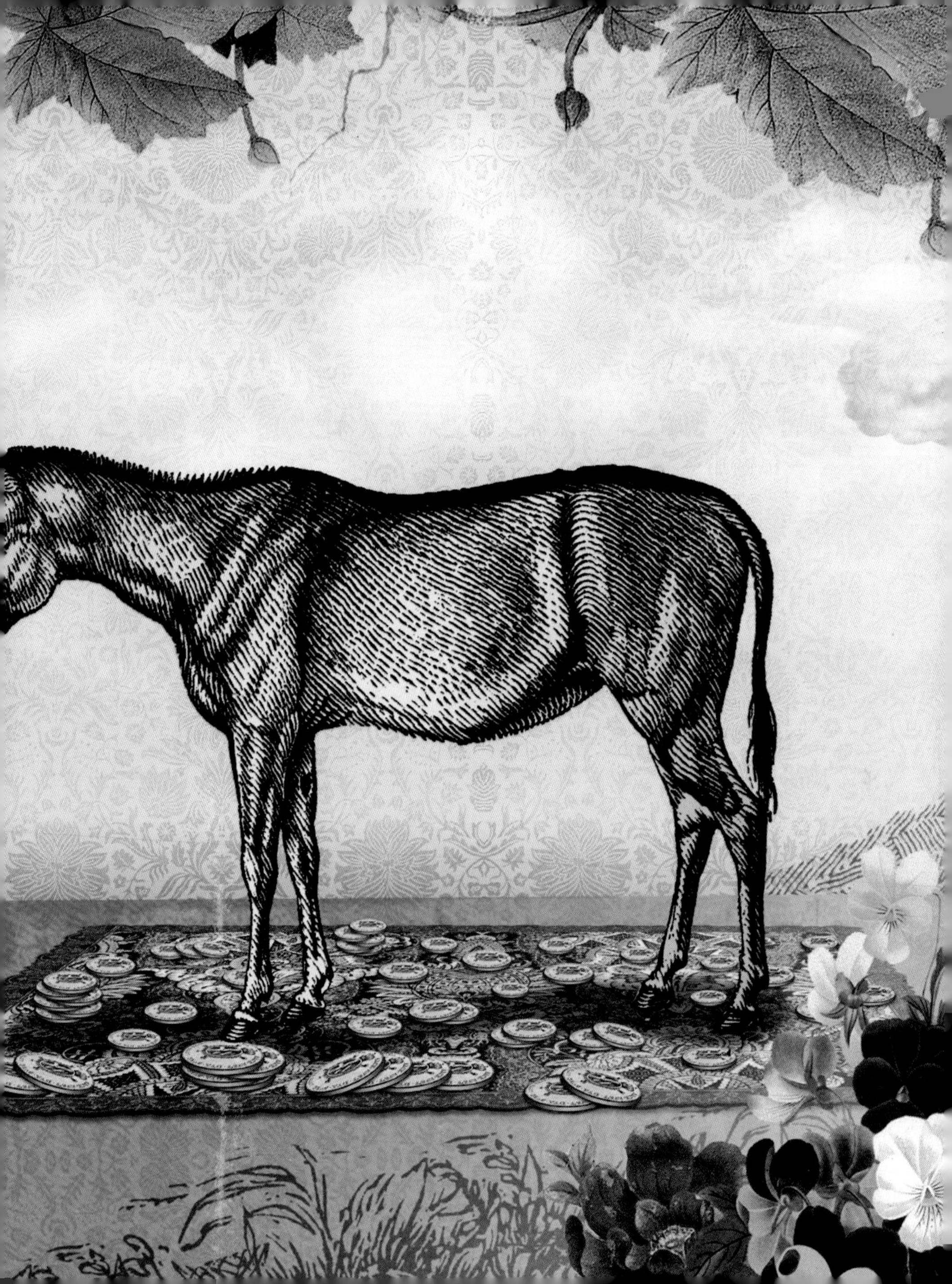

Luego preguntó al posadero qué tenía para ofrecerle y se hizo servir lo mejor.

El dueño de la posada se quedó sorprendido y pensó que un hombre que ataba él mismo a su burro no tendría mucho para gastar. Pero, cuando el molinero metió la mano en el bolsillo y sacó dos monedas de oro para pagar las compras, salió corriendo y le buscó lo mejor que pudo encontrar. Después de comer, el molinero le preguntó:

—¿Cuánto le debo?

—Algunas monedas de oro más –le contestó el posadero.

El huésped metió la mano en su bolsillo, pero justo se le había terminado el oro. Entonces tomó el mantel de la mesa y salió. El posadero no supo cómo interpretar esta actitud. Lo siguió en secreto y observó que entraba en la caballeriza; se instaló en la puerta y miró por un agujero en la madera. En ese momento, el molinero desplegó el mantel debajo del burro, y dijo: "Briquelebrit", e, inmediatamente, el burrito empezó a arrojar tanto oro por detrás como por delante, que caía como una lluvia sobre el mantel.

—¡Caramba! –exclamó el posadero–. ¡Un monedero así no es mala cosa!

Luego de pagar su cuenta, el molinero se fue a dormir. Durante la noche, el dueño de la posada bajó a la caballeriza, cambió el burro de oro por otro, y dejó al primero en otro lugar. Por la mañana, el molinero se fue pensando que se llevaba su burro, pero en realidad se iba con otro. Al mediodía llegó a la casa de su padre, quien se puso contento al verlo, y le preguntó:

—¿Qué oficio aprendiste, hijo mío?

—Soy molinero, querido padre –le contestó.

—Y, ¿qué trajiste de tu viaje?

—Un burro, padre.

Y el padre le contestó:

—Burros también hay por aquí, si no es más que eso.

—Bueno –le dijo el hijo–, pero éste es un burrito de oro. Cuando le digo: "Briquelebrit", escupe oro hasta llenar todo un gran pañuelo. Llama tranquilo a todos los miembros de la familia que deseo hacerlos ricos.

Entonces se convocó a los familiares y, cuando estuvieron todos reunidos, el molinero dijo:

—¡Hagan un poco de lugar!

Desplegó en el suelo el pañuelo más grande y de mejor calidad que se encontraba en la casa, salió para traer al burro y lo colocó sobre el pañuelo. Pero cuando gritó: "Briquelebrit", pensando que las monedas de oro iban a saltar por toda la sala, el animal no entendió nada, ya que no cualquier burro domina tal arte. Entonces, la cara del muchacho cambió de expresión, pues se dio cuenta de que lo habían estafado. Los familiares volvieron a sus hogares tan pobres como habían venido y él tuvo que empezar a trabajar con un molinero.

El tercer hermano había ido a estudiar con un tornero y su aprendizaje fue el más largo. Sus hermanos le escribieron contándole lo que les había pasado y le dijeron que seguramente el posadero les había quitado sus tesoros en la última noche de sus viajes. Cuando le tocó su turno al joven tornero, su maestro le dijo:

—Te portaste muy bien; por lo tanto, te quiero regalar una bolsa que contiene un palo.

—La bolsa me la puedo colgar –dijo el tornero–, pero ¿para qué cargar un palo en ella?

—Te lo diré –dijo el maestro–. Cuando alguien te haga daño, sólo debes exclamar: "¡Palo, sal de la bolsa!", y el palo saldrá y le dará tal baile en la espalda a esa persona, que tendrá que descansar durante ocho días sin poder moverse. Y no la dejará en paz hasta que le digas: "¡Palo, a la bolsa!".

Entonces, el tornero le agradeció, se colgó la bolsa y, cuando alguien lo atacaba, decía: "¡Palo, sal de la bolsa!", entonces el palo salía y le planchaba la ropa que llevaba puesta sin esperar a que se la quitase. Y así, uno por uno, rápidamente, le daba una buena paliza a cada uno de los agresores antes de que se dieran cuenta.

Una noche el joven tornero llegó a la misma posada donde sus hermanos habían sido engañados. Apoyó su mochila sobre la mesa y habló acerca de las cosas maravillosas que podían encontrarse en el mundo. Dio el ejemplo de una mesita que se cubre sola de comida y de un burro que arroja oro, pero dijo que ninguna de esas cosas podía compararse con el tesoro que él había conseguido y que llevaba en su bolsa. El posadero prestó atención a sus palabras.

"¿Qué podrá ser? –pensó–. Como las cosas buenas siempre vienen de a tres, entonces será que merezco ganarme sin esfuerzo también este tesoro".

Luego, el huésped se acostó en el banco y apoyó la cabeza en la bolsa, usándola como almohada. Cuando el posadero lo creyó profundamente dormido y no quedó nadie más en el salón, empezó a mover cuidadosamente la bolsa y a tirar de ella, con la idea de sacársela y cambiarla por otra. Pero el tornero ya estaba preparado. En el momento en que el posadero quiso sacar la bolsa de un tirón, el joven exclamó:

"¡Palo, sal de la bolsa!"

Y de inmediato, el palo salió volando de la bolsa y le dio una paliza tan tremenda al posadero, que le planchó todas las costuras. El posadero empezó a gritar y a lamentarse y, cuanto más gritaba, más le pegaba el palo con el mismo ritmo de sus chillidos, hasta que finalmente cayó al suelo.

Entonces el tornero le dijo:

—Entrégame ahora mismo la mesita y el burro o, ¿quieres que sigan los golpes?

—¡Por Dios, no! –dijo el posadero–. Con gusto te entrego todo si haces volver este pequeño diablo a la bolsa.

—Bueno –dijo el tornero–. Por esta vez será suficiente. Pero ¡cuídate de hacer más daño!

Luego dijo: "¡Palo, a la bolsa!", y le permitió descansar al posadero.

Al otro día, el tornero llegó con la mesita y el burro que arroja oro a la casa de su padre. Éste se puso muy contento al verlo y le preguntó:

—Y, ¿qué oficio aprendiste?

—Padre, soy tornero.

—Lindo oficio. ¿Y qué trajiste de tus viajes?

—Un palo en una bolsa, padre.

—Un palo, ¿para qué?

—Cuando le digo: "¡Palo, sal de la bolsa!", sale y le da una paliza a quien no me trata bien. Con su ayuda recuperé la mesita que se cubre sola y el burro que arroja oro. Haz que vengan mis hermanos y todos los familiares; quiero hacerlos ricos y darles de comer y de beber.

Cuando estuvieron todos reunidos, desplegó el gran pañuelo, buscó al burro y dijo:

—Querido hermano, ¡háblale!

Apenas el molinero pronunció la palabra: "Briquelebrit", saltaron las monedas de oro por todas partes y no dejaron de saltar hasta que todos los presentes tuvieron sus bolsillos colmados. Luego, el tornero fue a buscar la mesita y dijo:

—Querido hermano, ¡háblale!

Apenas el ebanista exclamó: "¡Mesita, cúbrete!", se cubrió de manjares, y los familiares comieron y bebieron hasta regresar alegres a sus casas.

Desde entonces, el sastre y sus hijos viven felices y contentos. Pero, ¿qué fue de la cabra, por cuya culpa el sastre había echado de la casa a sus tres hijos? Se había metido en la madriguera de un zorro. Cuando el zorro regresó al lugar y vio dos ojos grandes que lo miraban, se asustó y volvió a salir. Afuera se encontró con un oso que advirtió su alteración.

—¡Qué cara tienes, hermano zorro! –le dijo–. ¿Qué te está pasando?

—¡Es que hay un animal feroz en mi madriguera que me miró con unos ojos llameantes sin moverse de ahí! –se lamentó el zorro pelirrojo.

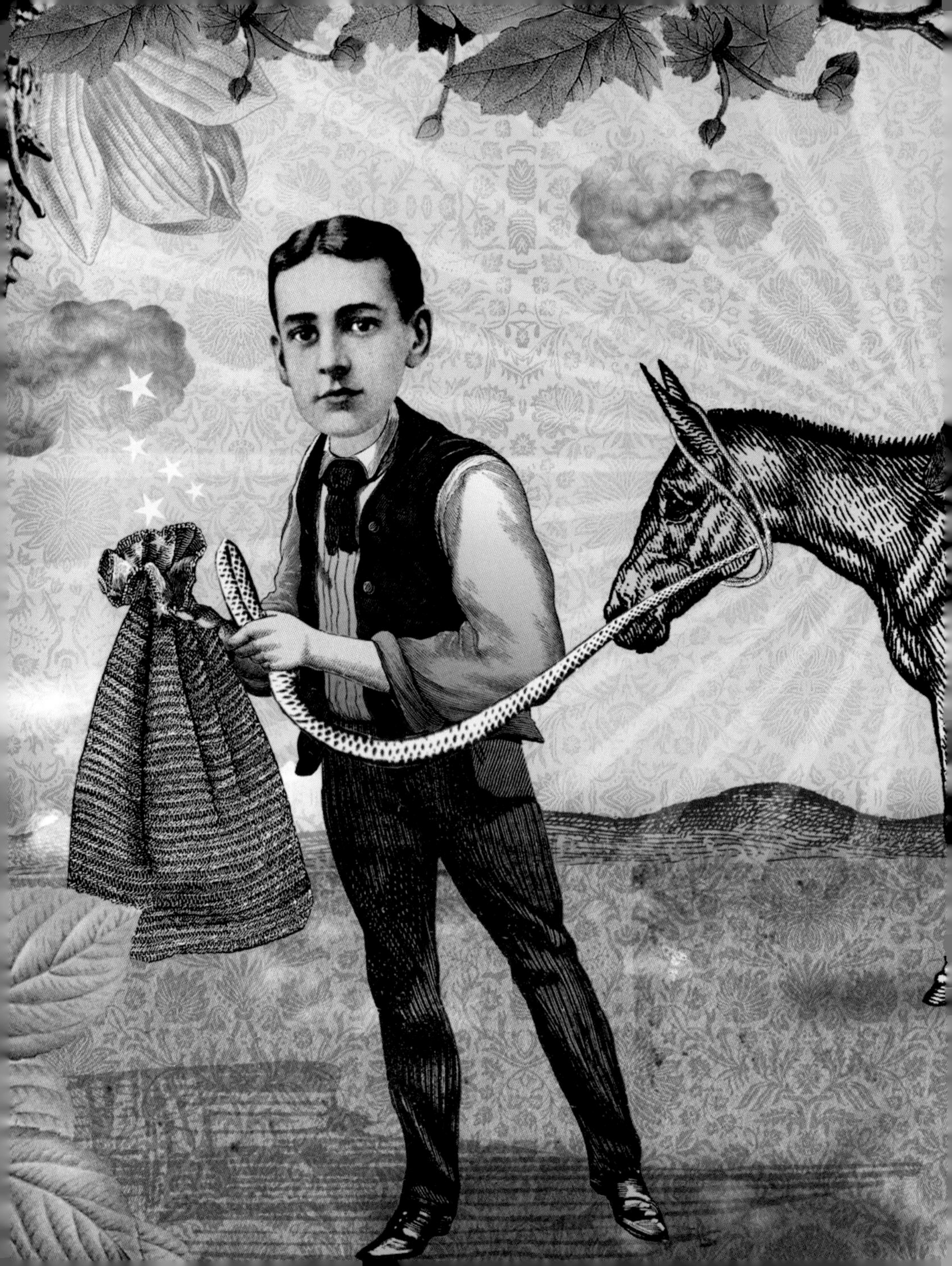

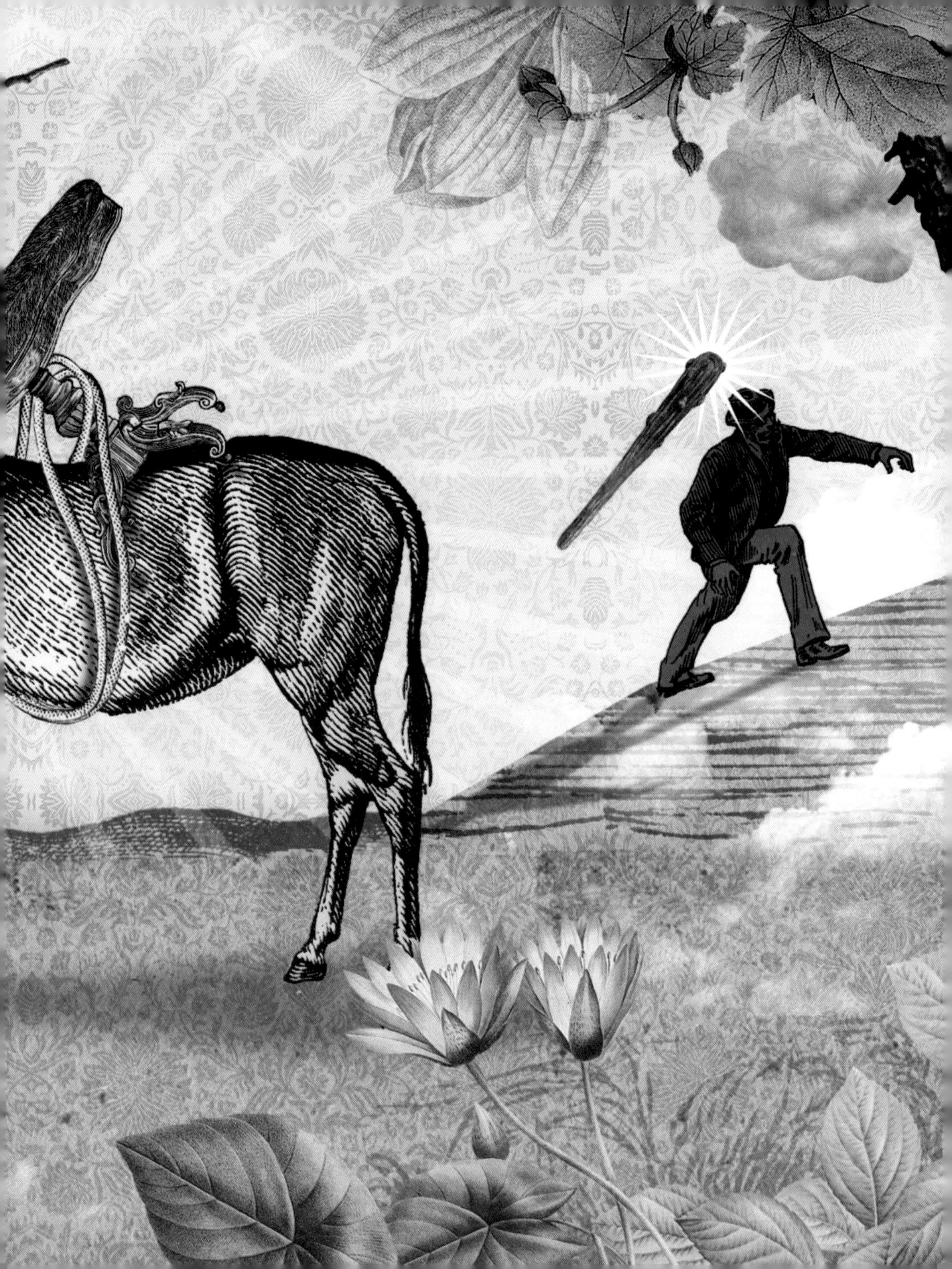

—Lo sacaré de allí —dijo el oso y lo acompañó a la madriguera. Pero cuando vio los ojos llameantes, también tuvo miedo y no se animó a enfrentarlo. Entonces, se encontró con una abeja que notó su malestar y le preguntó:

—Oso, ¿por qué pones esa cara de preocupación?

—Es que hay un animal espantoso con unos ojos llameantes en la madriguera del zorro, que no logramos echar.

—Soy una pobre y débil criatura, ni me ven cuando cruzan conmigo en el camino; no obstante, voy a ver si los puedo ayudar —dijo la abeja. Voló a la madriguera, se posó sobre la cabeza pelada de la cabra y la picó con tal fuerza que ésta saltó, gritó: "¡Bee, bee!", y salió huyendo como loca.

Hasta hoy nadie sabe adónde fue.

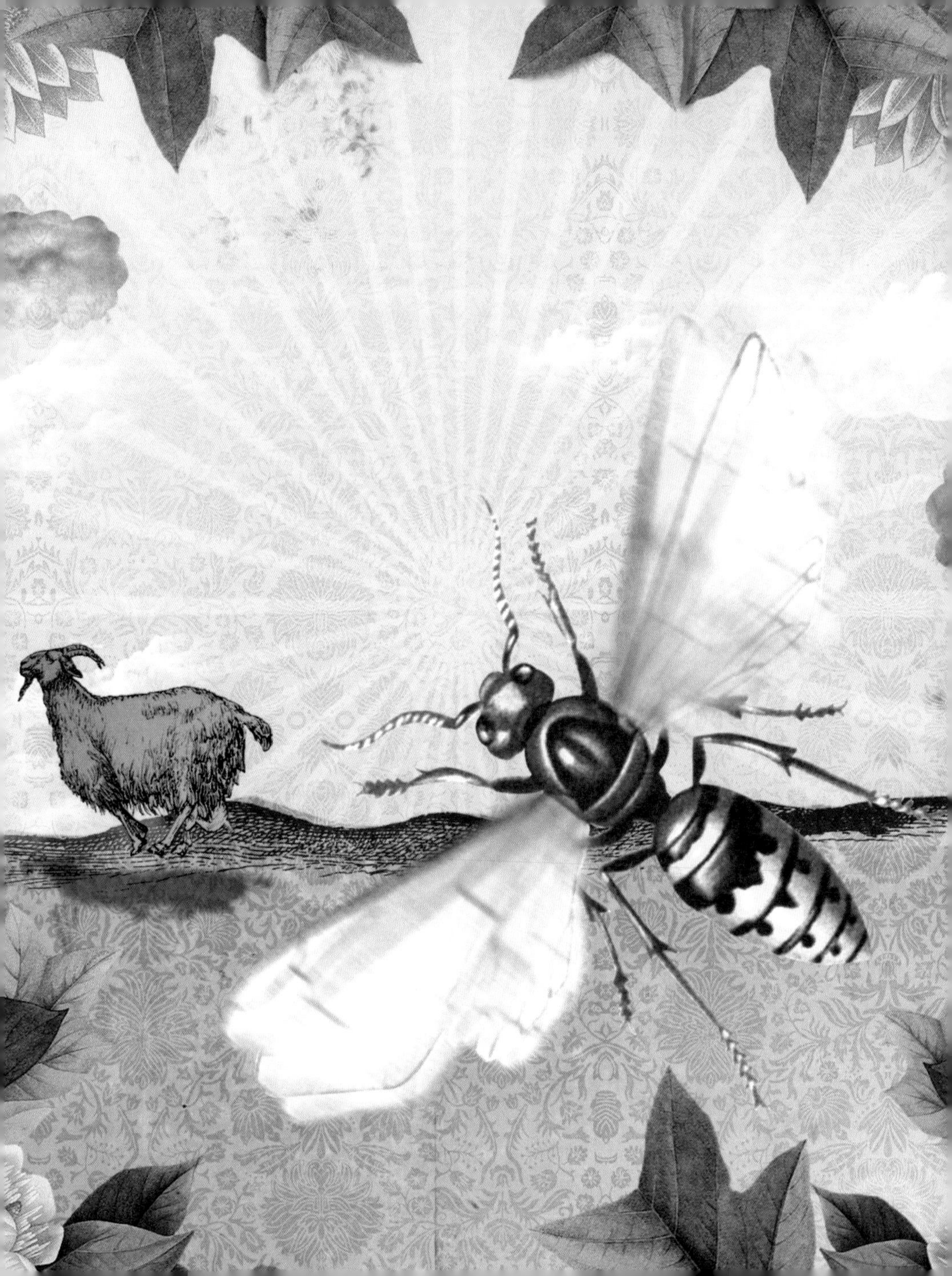

El Agua de la Vida

Había una vez un rey que estaba tan enfermo que nadie creía que fuera a seguir viviendo. Sus tres hijos varones estaban muy afligidos y se fueron al jardín del castillo para llorar sus penas. Allí se encontraron con un anciano que les preguntó el motivo de su tristeza. Le contaron que su padre estaba mortalmente enfermo y que ya nada lo podía ayudar. Entonces el anciano les comentó:

—Sé de un remedio que es el Agua de la Vida. Si bebe esa agua, se recuperará. Pero es difícil de encontrar.

Entonces el hijo mayor dijo:

—La encontraré.

Fue a ver al rey enfermo y le pidió permiso para salir a buscar el Agua de la Vida, que era lo único que podría curarlo.

—De ninguna manera –dijo el rey–. Hay demasiados peligros, prefiero morir.

Pero el hijo insistió tanto que el rey lo dejó ir. En su interior, el príncipe pensaba: "Si soy yo quien le trae el agua, seré el preferido de mi padre y heredaré el reino".

Entonces se subió a su caballo y salió. Después de un tiempo de andar, se encontró en el camino con un gnomo que lo paró y le preguntó:

—¿Adónde vas tan rápido?

—No hace falta que lo sepas, enanito –le dijo el príncipe con mucha soberbia, y siguió su camino.

Entonces el hombrecillo se enojó y le lanzó un hechizo. Al seguir su camino, el príncipe encontró una barranca que se hacía cada vez más estrecha a medida que avanzaba. Finalmente no pudo dar un paso más ni hacer retroceder al caballo y quedó encerrado en la montaña. Mientras tanto, el rey enfermo lo seguía esperando, pero no llegaba y no llegaba. Entonces, el segundo príncipe se ofreció:

—Deseo salir en busca del agua.

Al mismo tiempo, pensaba para sí: "Si murió, mejor, pues entonces el reino será mío".

Al principio, el rey tampoco quiso que saliera, pero finalmente tuvo que dejarlo ir. Entonces, el príncipe salió por el mismo camino y también se encontró con el gnomo, quien lo detuvo y le preguntó:

—¿Adónde vas tan rápido?

—No hace falta que lo sepas, enanito –le dijo el príncipe con mucha soberbia, y siguió su camino. Pero el gnomo le lanzó un hechizo y el joven se adentró en una barranca que no lo dejaba salir hacia adelante ni hacia atrás. Así les va a los soberbios.

Como tampoco volvía el segundo príncipe, el menor dijo que quería salir en busca del agua. Y, finalmente, el rey tuvo que dejarlo ir. Cuando el príncipe se encontró con el gnomo en el camino, éste volvió a preguntar:

—¿Adónde vas tan rápido?

Entonces el joven le contestó:

—Busco el Agua de la Vida, porque mi padre está enfermo y a punto de morir.

—¿Sabes dónde encontrarla?

—No –dijo el príncipe.

—Como me has contestado debidamente, deseo decírtelo: el Agua de la Vida sale de una fuente en un castillo encantado y, para que llegues hasta allí, te daré una varita de hierro y dos panes. Con la varita, golpea tres veces el portón de hierro del castillo; así se abrirá. Adentro te encontrarás con dos leones con las fauces abiertas, pero si le tiras un pan a cada uno, se quedarán tranquilos. Debes darte prisa y buscar el Agua de la Vida antes de las doce. De otro modo, se cerrará el portón y ya no podrás salir.

El príncipe le agradeció, agarró la varita de hierro y los panes, y se fue hacia el castillo. Al llegar allí, todo sucedió como le había dicho el gnomo. Con el tercer golpe de la varita se abrió el portón y, luego de tranquilizar a los leones,

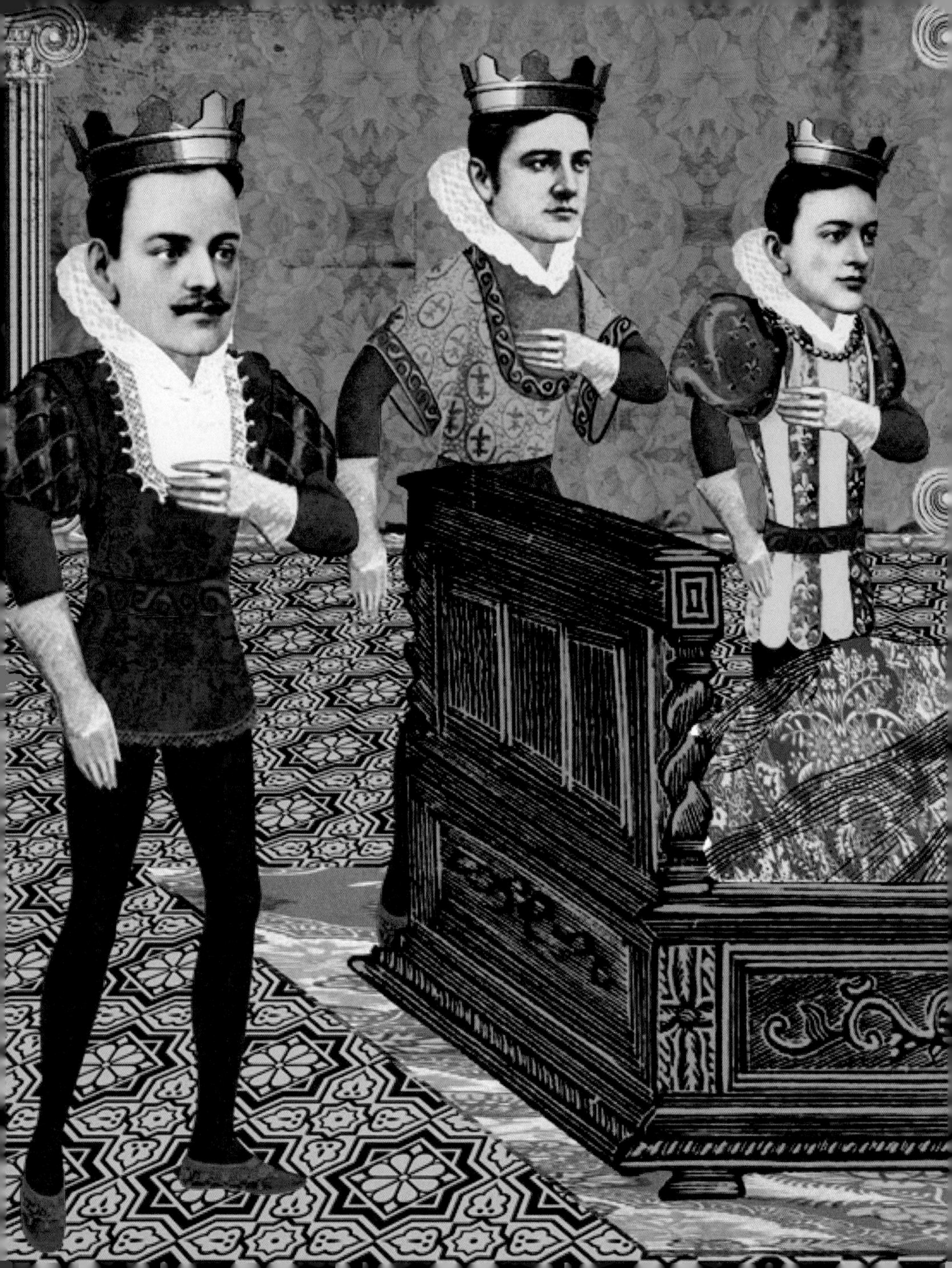

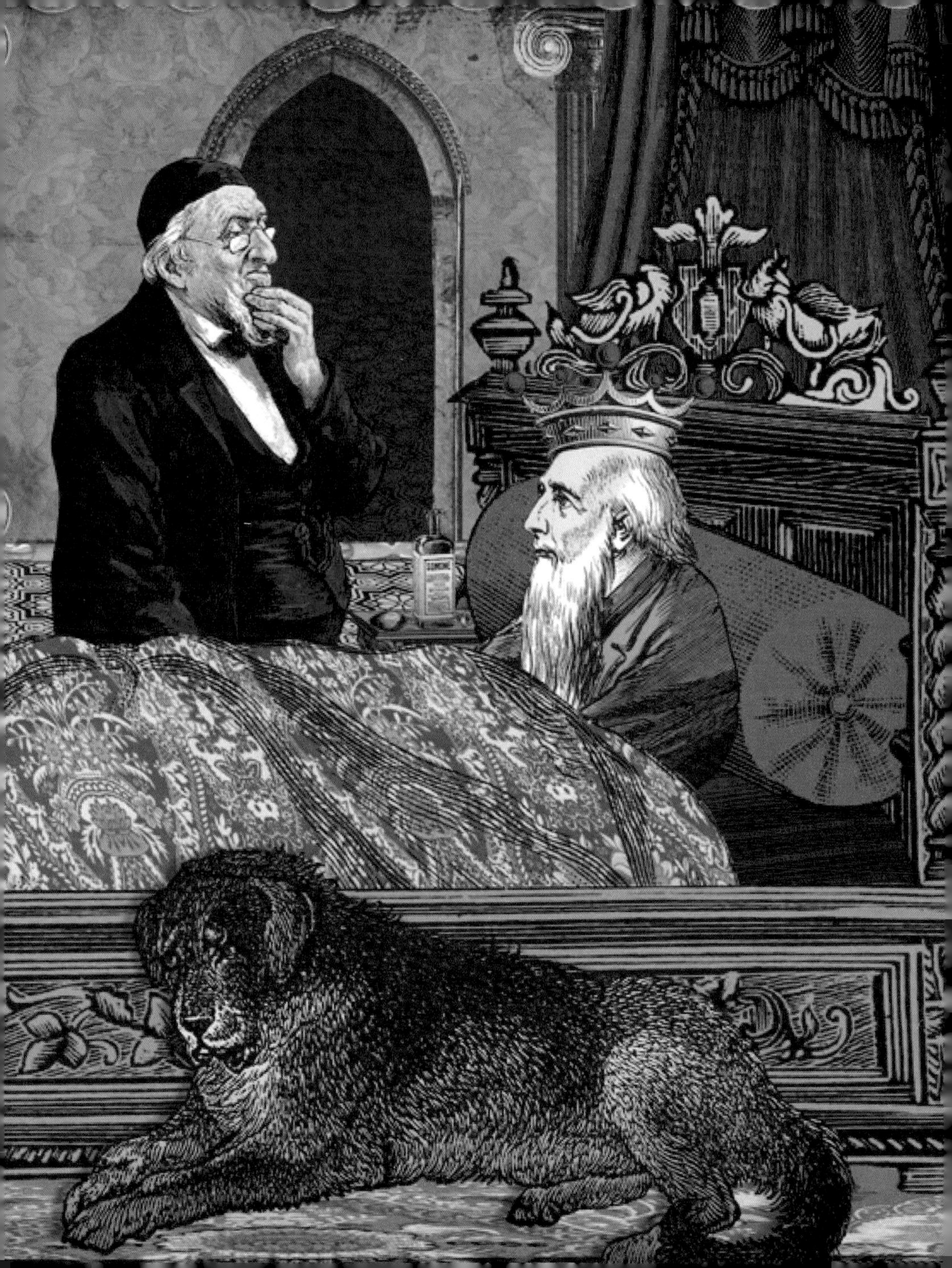

el príncipe entró en el castillo. Allí encontró una sala enorme y hermosa y en ella varios príncipes hechizados a quienes sacó sus anillos. También se llevó una espada y un pan que encontró por allí. Luego llegó a una habitación donde había una hermosa doncella. Ésta se alegró mucho al verlo, lo besó y le dijo que, gracias a él, se había salvado de un hechizo, que, como recompensa, deseaba darle todo su reino, y le pidió que volviera al cabo de un año para casarse con ella. También le explicó dónde quedaba la fuente en la que iba a encontrar el Agua de la Vida, pero debía apurarse y sacar el agua antes de las doce. El príncipe continuó y llegó a una habitación con una hermosa cama recién hecha. Y como estaba cansado quiso descansar un poco. Se acostó y se durmió. Al despertarse, la campana marcaba las doce menos cuarto. Entonces se levantó asustado y de un salto corrió hasta la fuente, llenó un jarro con el agua, y se apresuró a salir. No bien salió por el portón de hierro, la campana marcó las doce y el portón se cerró de golpe, quitándole un trozo de piel del talón.

Pero él estaba feliz de tener el Agua de la Vida. Camino a su casa, volvió a cruzarse con el gnomo. Cuando éste vio la espada y el pan, le dijo:

—Has obtenido grandes tesoros: con la espada puedes vencer a ejércitos enteros, y el pan nunca se terminará.

Entonces el príncipe pensó que no quería volver a casa con su padre sin sus hermanos y le dijo:

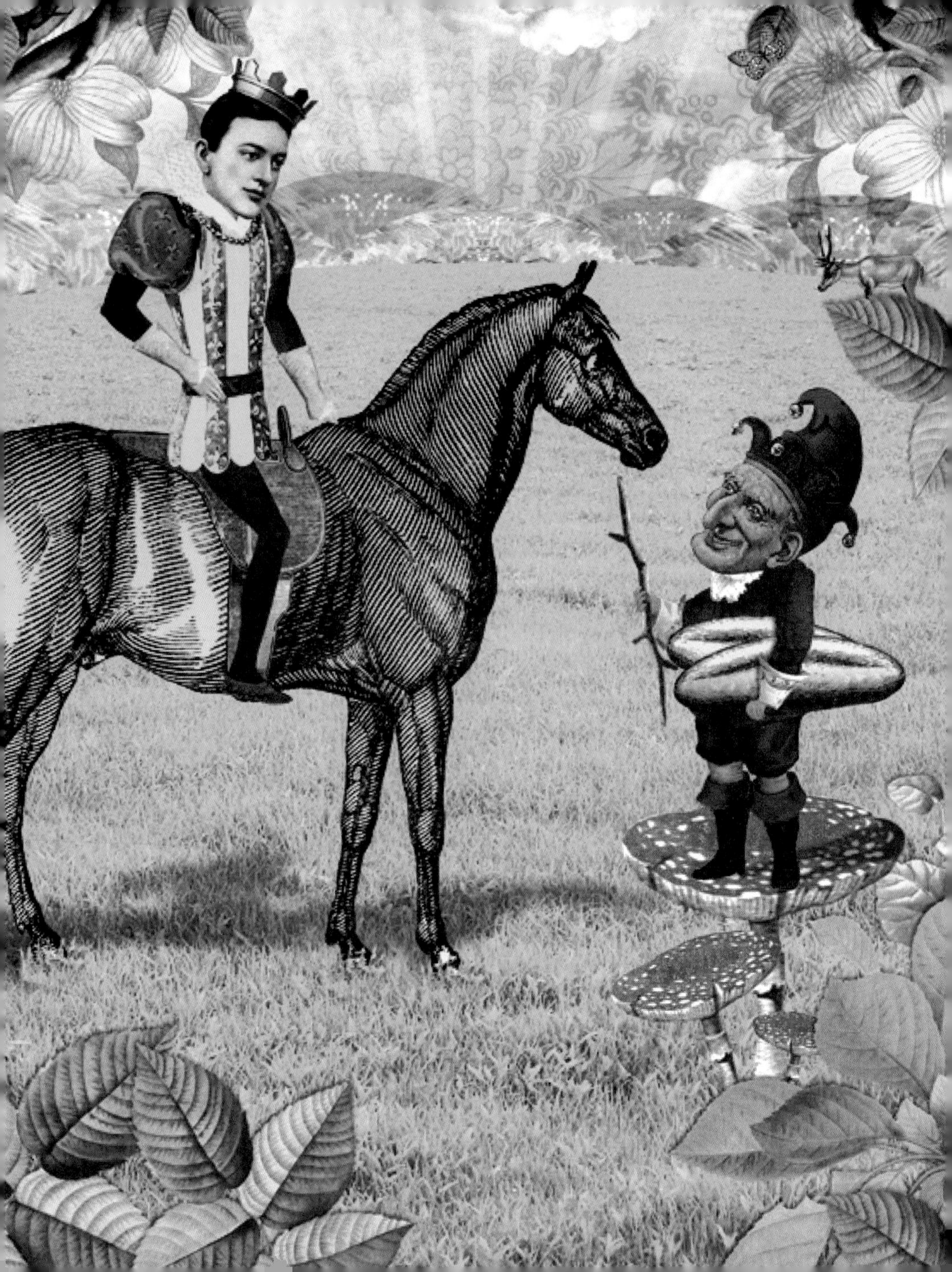

—Querido gnomo, ¿no me puedes decir dónde están mis hermanos? Salieron antes que yo para buscar el Agua de la Vida y todavía no han regresado.

—Están encerrados entre dos montañas –le contestó el gnomo–. Yo los hechicé porque se comportaron de un modo muy soberbio.

Pero el príncipe le pidió por ellos e insistió hasta que el gnomo decidió liberarlos, —aunque antes le dijo:

—Cuídate, porque sus corazones albergan maldad.

Al ver a sus hermanos, se puso muy contento y les contó todo lo que le había pasado: había encontrado el Agua de la Vida y la llevaba en un jarro; había liberado a una hermosa princesa que lo iba a esperar durante un año para luego casarse con él y, como recompensa, le entregaría un poderoso reino. Después se fueron los tres juntos y llegaron a un país azotado por el hambre y la guerra, y cuyo rey creía que la miseria lo iba a vencer. Entonces el príncipe le entregó el pan para que diera de comer y alimentara a todo su reino. Y luego también le ofreció la espada. Con ella venció a todos sus enemigos y logró vivir en paz y tranquilidad. Luego de ello, el príncipe recuperó su pan y su espada, y los tres hermanos siguieron su camino para llegar a otros dos países en los que también había guerra y hambre. Una vez más, el príncipe ofreció a los reyes su pan y su espada, con los cuales había salvado ya a tres reinos. Luego tomaron un barco y navegaron por el mar. Durante la travesía, los dos mayores conversaron entre sí:

—Nuestro hermano encontró el agua y nosotros no. Nuestro padre le dará el reino que nos corresponde a nosotros, y nos quitará así nuestra felicidad.

Por eso quisieron vengarse y planearon hacerlo fracasar. Esperaron hasta que se durmió profundamente para vaciar su jarro y rellenarlo con agua de mar, y se quedaron ellos con el Agua de la Vida.

Al llegar a su casa, el menor le llevó su jarro al rey enfermo para que pudiera beber el agua y recuperar su salud. Pero, cuando el rey sorbió un poco del agua de mar, se enfermó más aún. En cuanto empezó a lamentarse, vinieron los hermanos mayores y acusaron al menor de haber querido envenenarlo. Dijeron que ellos habían encontrado la verdadera Agua de la Vida y se la alcanzaron al rey. Apenas hubo tomado de ella, sintió que desaparecía la enfermedad y se puso tan fuerte y sano como en sus años mozos. Entonces, los dos mayores fueron a ver al menor, se rieron de él y le dijeron:

—¿No eras tú quien había encontrado el Agua de la Vida? Bueno, tuyo fue el esfuerzo y nuestro el beneficio. Deberías haber abierto los ojos. Te la sacamos cuando estabas durmiendo en el mar. Cuando haya transcurrido un año, uno de nosotros irá a buscar a tu hermosa princesa. Pero cuídate de no decirle nada a nuestro padre. No te va a creer y, si mencionas una sola palabra, además, perderás la vida; si te callas, te la perdonaremos.

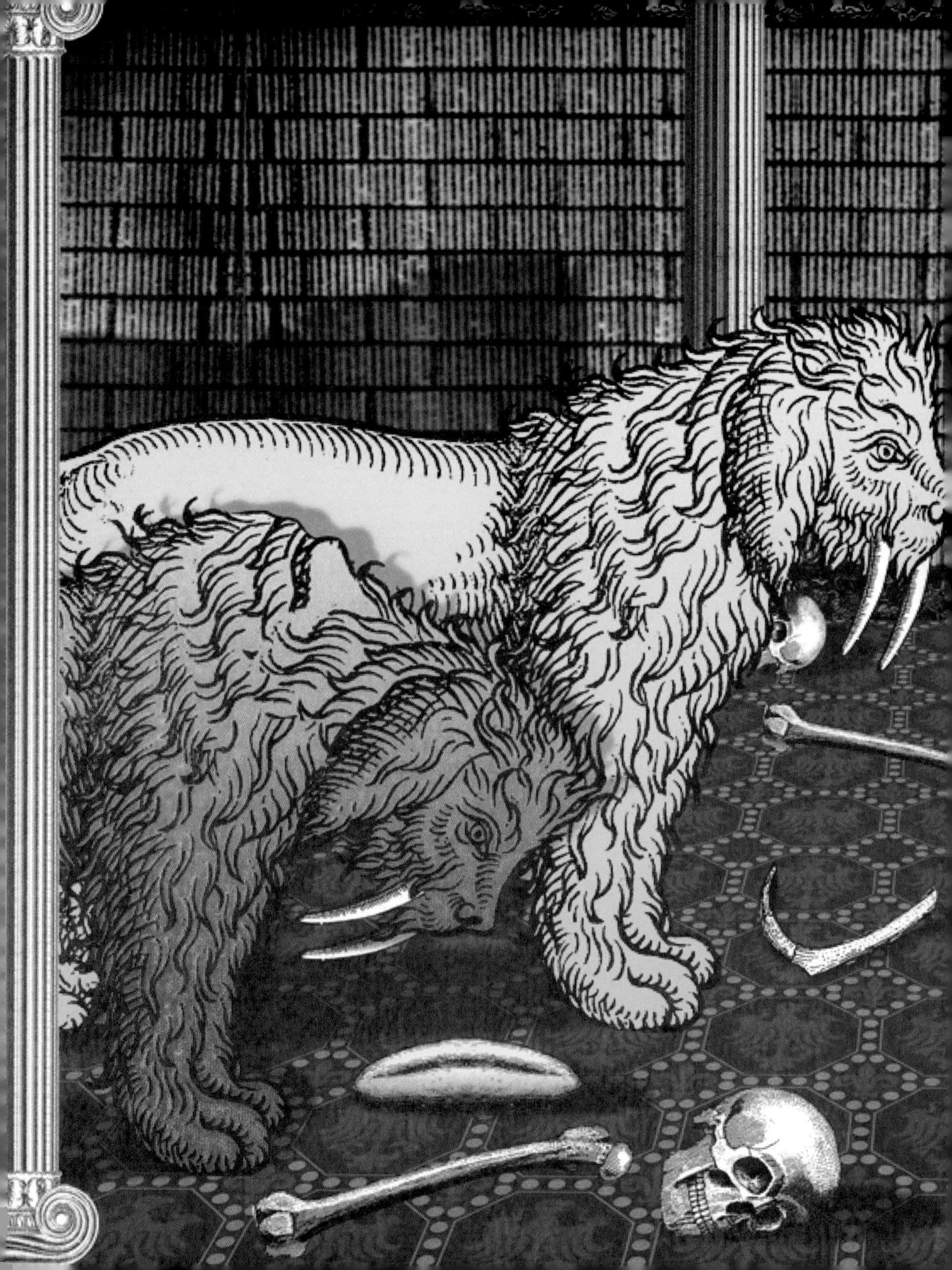

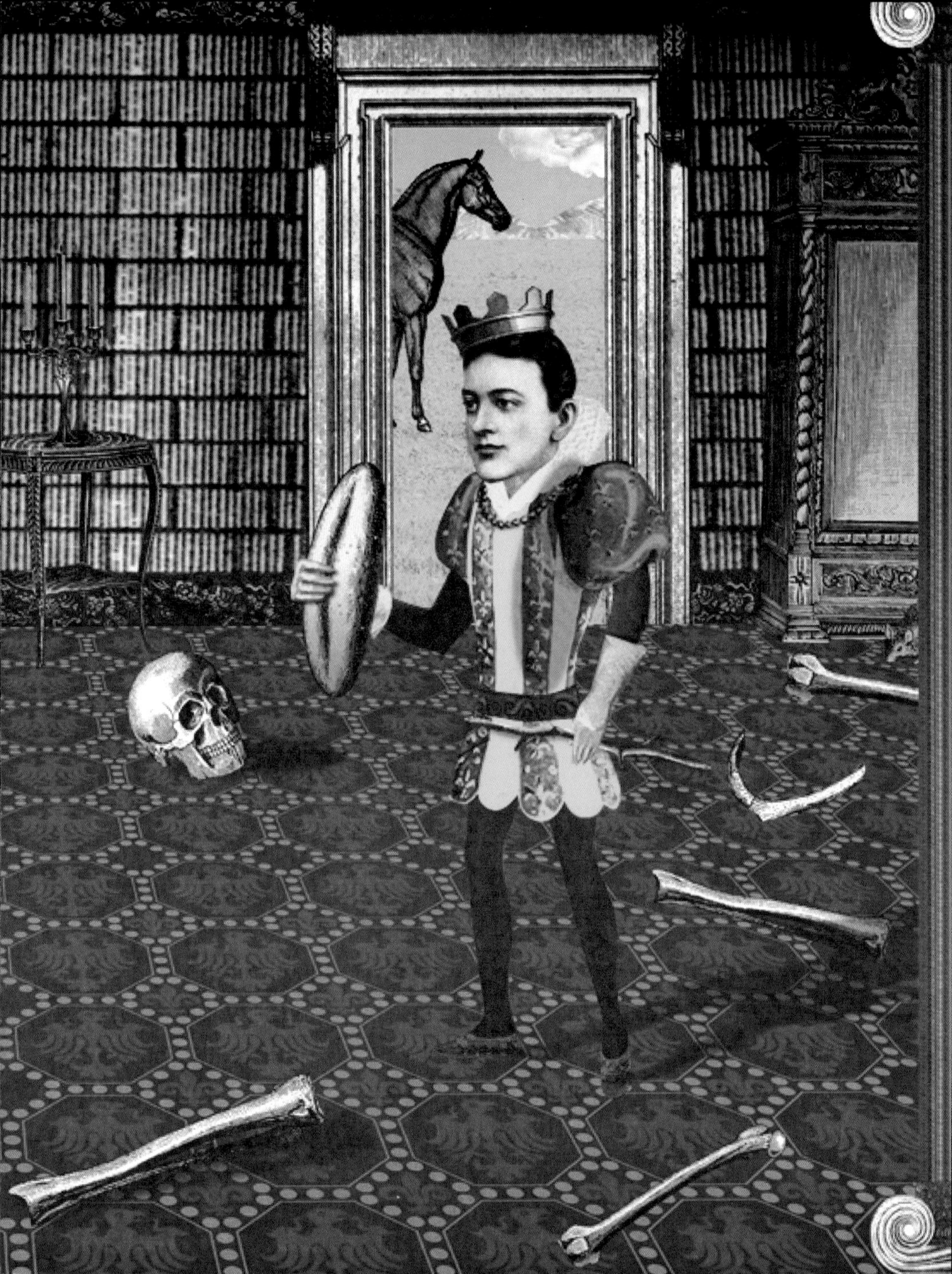

El viejo rey, no obstante, estaba rabioso con su hijo menor pues creía que había atentado contra su vida. Por eso reunió a toda la corte y lo hizo juzgar, condenándolo a ser eliminado en secreto. Sin saber nada de esto, el príncipe fue a cazar, acompañado por el cazador del rey. Cuando estaban solos en el bosque, el príncipe advirtió que su compañero estaba triste y le preguntó:

—Querido cazador, ¿qué te pasa?

Y el cazador le contestó:

—No puedo decirlo pero debería hacerlo.

Entonces le dijo el príncipe:

—Dímelo nomás, no importa lo que sea, yo te lo perdonaré.

—Lo que pasa –dijo el cazador–, es que tengo orden del rey de asesinarlo.

Al oírlo, el príncipe se asustó.

—¡Querido cazador, déjame vivir! Te daré mi vestimenta de rey, a cambio de tus humildes ropas.

—Con mucho gustó lo haré –contestó el cazador–. Me hubiera sido imposible disparar mi arma hacia usted.

Luego el cazador se puso la ropa del príncipe, y el príncipe con la ropa del cazador se internó en el bosque.

Después de un tiempo, le llegaron al viejo rey tres carros cargados de oro y de piedras preciosas. Era un regalo para su hijo menor que le habían enviado los tres reyes a quienes el príncipe había prestado la espada y el pan para vencer a sus enemigos y alimentar a sus pueblos. El viejo rey quedó conmovido y, pensando que quizás su hijo podría haber sido inocente, dijo a su pueblo:

—¡Ay, si estuviera vivo! ¡Cómo me arrepiento de haberlo hecho matar!

—Entonces hice bien –le dijo el cazador–, pues no fui capaz de asesinarlo.

Y le contó al rey cómo había sido todo.

El rey quedó aliviado e hizo proclamar en todos los reinos que quería que su hijo volviese, para perdonarlo.

La princesa, entretanto, mandó a hacer un camino brillante de oro para acceder a su castillo e instruyó a su gente para que sólo dejaran entrar a aquel que recorriera ese camino a caballo: sólo ése sería el verdadero. Por el contrario, quien llegara por el costado, sería un impostor que debía ser expulsado. Cuando el año casi se había cumplido, el mayor pensó que, si se apuraba en llegar al castillo de la princesa, podría hacerse pasar por su salvador, y recibirla a ella como esposa, junto con todo su reino. Entonces partió hacia allá en su caballo. Al llegar al pie del castillo vio el hermoso camino de oro y pensó: "¡Ay, sería una pena andar por aquí a caballo!"; por eso giró y avanzó por su derecha. Cuando llegó al portón, le dijeron que él no era el verdadero príncipe y, por lo tanto, debía marcharse.

Poco tiempo después, el segundo príncipe se puso en camino. Cuando llegó y su caballo pisó el camino de oro, pensó: "¡Ay, sería una pena, podría desgastarse!", giró y siguió por la orilla izquierda del camino. Al llegar al portón, le dijeron que se marchara pues no era el verdadero príncipe.

Cuando se cumplió el año, el tercero quiso salir del bosque para regresar con su amada y olvidar sus penas a su lado. Entonces se dirigió hacia allá, y tan absorto iba pensando en cómo quería ya estar con ella, que ni vio el camino de oro. Por eso anduvo con su caballo por el medio y al llegar al portón, éste se abrió y la princesa lo recibió con alegría, diciéndole que él era su salvador y el dueño del reino. Poco tiempo después, se festejó la boda con gran felicidad. Cuando terminó la fiesta, le contó que su padre lo había mandado llamar, pues lo había perdonado. Entonces, el príncipe fue al palacio de su padre y le contó cómo sus hermanos lo habían engañado y por qué razón él había callado la verdad. El viejo rey los quiso castigar, pero sus otros hijos ya habían huido por el mar y nunca más volvieron.

Los seis sirvientes

Había una vez una vieja reina que además era maga y que tenía la hija más hermosa que alguna vez se haya visto en la tierra. Pero cada vez que se le presentaba algún pretendiente, la vieja maga lo sometía a una prueba y, si no lograba superarla, no había perdón y tenía que arrodillarse para que le cortasen la cabeza.

Una vez un príncipe quiso pedir la mano de la princesa, pero su padre se opuso y le dijo:

—De ninguna manera: si te vas, morirás.

El príncipe se enfermó gravemente durante siete años hasta que su padre, que lo veía perdido, le dijo:

—Bueno, ¡entonces intenta fortuna, y ojalá logres tu propósito!

Enseguida el príncipe se recuperó, se levantó de su lecho y se puso en camino.

Tuvo que atravesar un bosque. Allí se encontró un hombre tirado en el suelo que era tan gordo, que parecía una pequeña colina. El hombre lo llamó y le preguntó si lo quería tener como sirviente.

—¿Pero para qué me serviría un hombre tan gordo? ¿Cómo fue que engordaste así? —dijo el príncipe.

—¡Puf, eso no es nada, si me despliego del todo, tengo un volumen aun tres veces mayor!

—Entonces, ¡ven conmigo! —le dijo el príncipe.

Los dos siguieron su camino y se encontraron con otro hombre que yacía en el suelo con un oído pegado al pasto.

—¿Qué estás haciendo ahí? –preguntó el príncipe.

—Ja, estoy escuchando. Escucho cómo crece la hierba y todo lo que ocurre en el mundo; por eso, me llaman "el escucha".

—Dime, ¿qué está ocurriendo en la corte de la vieja reina?

—Están cortándole la cabeza a un pretendiente de la princesa. Puedo oír el silbido de la espada en el aire.

—Ven conmigo –dijo el príncipe, y siguieron los tres juntos.

Luego se cruzaron con otro tirado en el suelo. Era tan largo que tuvieron que caminar un buen trecho hasta llegar de los pies a la cabeza.

—¿Por qué eres tan largo? –le preguntó el príncipe.

—Uff, si me extiendo del todo, soy tres mil veces más largo y supero en altura al cerro más alto del mundo.

—Ven conmigo –dijo el príncipe.

Y los cuatro siguieron su camino hasta llegar a un hombre que estaba sentado allí con los ojos vendados.

—¿Por qué tienes una venda en los ojos? –le preguntó el príncipe.

—Bueno –replicó el hombre–, lo que miro con mis ojos empieza a saltar para todas partes; por eso, no debo mantenerlos abiertos.

—Ven conmigo –dijo el príncipe.

Entonces siguieron caminando los cinco y hallaron a otro que estaba acostado a plena luz del sol y le temblaba de frío todo el cuerpo, a tal punto que no podía mantener quieto ningún miembro.

—¿Cómo puede ser que tengas tanto frío habiendo tanto sol? –le preguntó el príncipe.

—Ay –contestó el hombre–, cuanto más calor hace, tanto más frío tengo y cuanto más frío hace, es mayor el calor que siento. En medio del hielo no puedo soportar el calor y, en medio del fuego, me muero de frío.

—Ven conmigo –dijo el príncipe.

Y siguieron caminando los seis hasta encontrar a un hombre que estaba parado mirando más allá de los cerros.

—¿Qué estás mirando? –preguntó el príncipe.

Entonces el hombre le contestó:

—Tengo ojos tan claros que puedo ver más allá de los cerros y los bosques y más allá de todo el mundo.

—¡Ven conmigo! –dijo el príncipe–. Todavía me faltaba una persona así.

Entonces los siete ingresaron en la ciudad en la que vivía la hermosa y peligrosa doncella. El príncipe se presentó ante la vieja reina y le pidió la mano de su hija.

—Bueno –le contestó–, te someteré a tres pruebas y, si las superas una por una, la princesa será tuya. La primera consiste en que me devuelvas un anillo que se me cayó en el Mar Rojo.

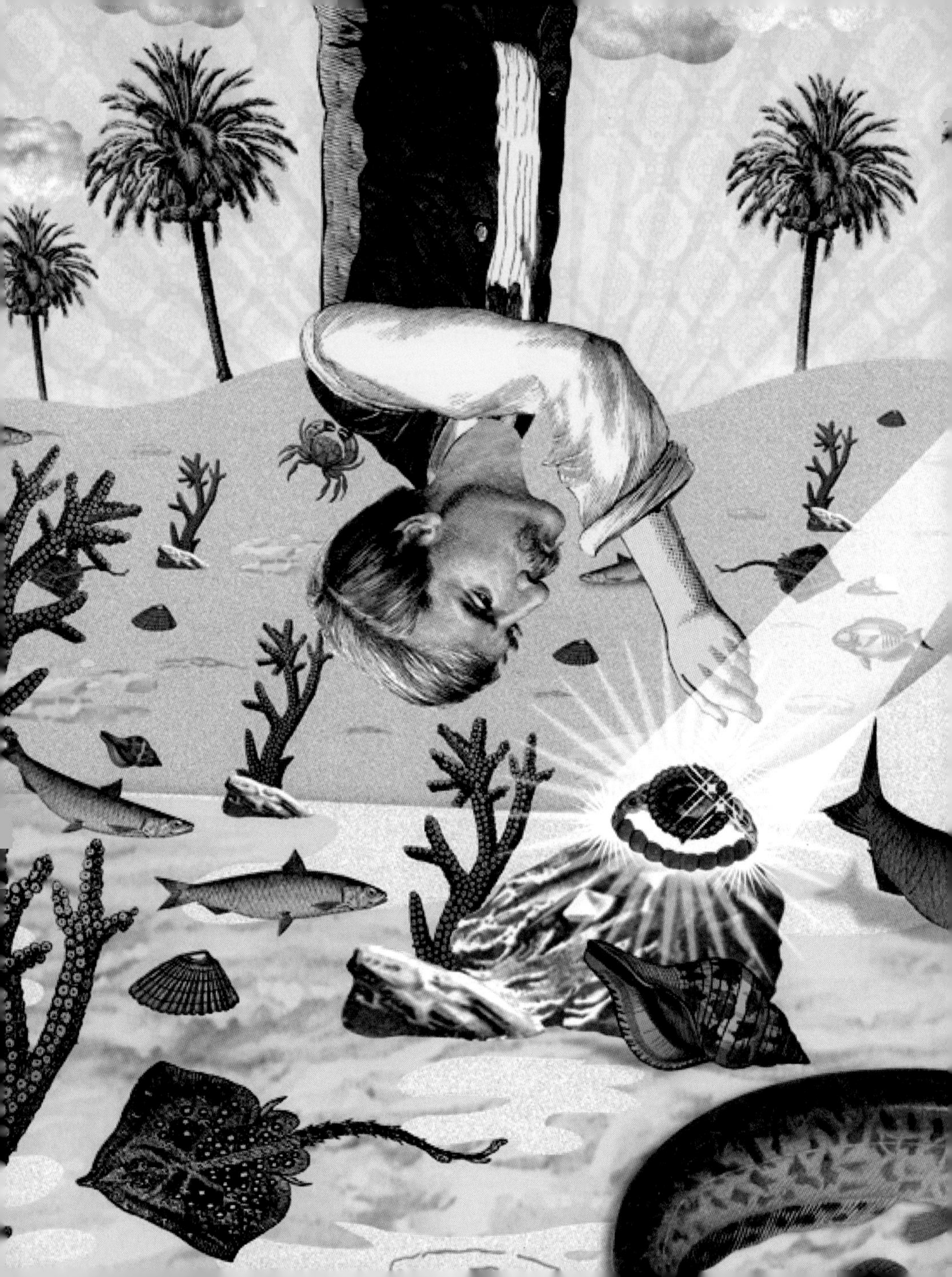

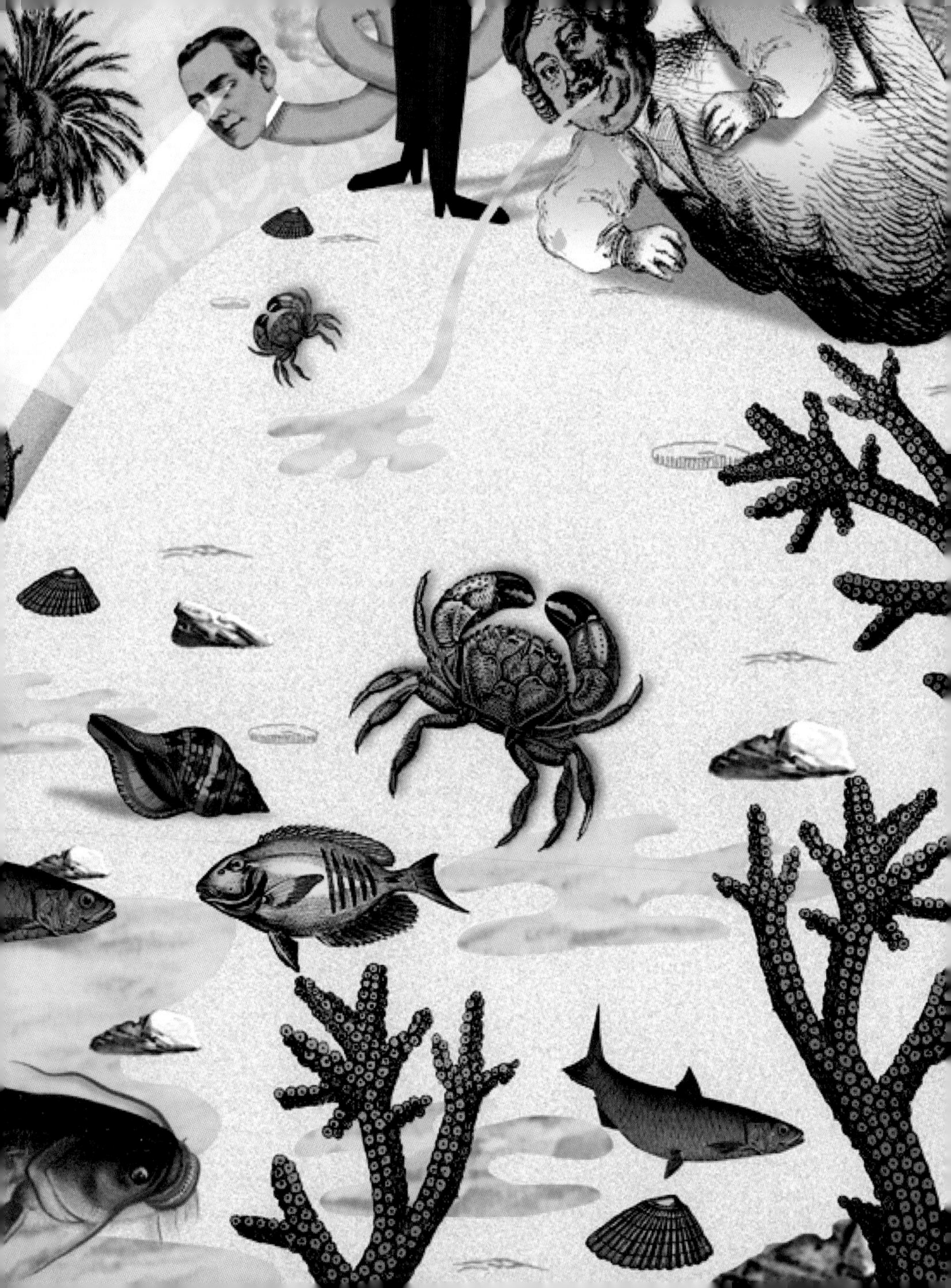

El príncipe le dijo:

—Voy a superar esta prueba –y llamó a su sirviente de los ojos claros. Éste miró fijamente el fondo del mar y vio el anillo que yacía al lado de una piedra. Entonces fue el gordo, se inclinó en la orilla para que las olas le entraran en la boca y se bebió todo el agua del mar hasta dejarlo seco como una pradera. Lo siguió el alto, quien sólo tuvo que inclinarse un poco para sacar el anillo con una mano.

El príncipe le llevó el anillo a la anciana. Ésta le dijo asombrada:

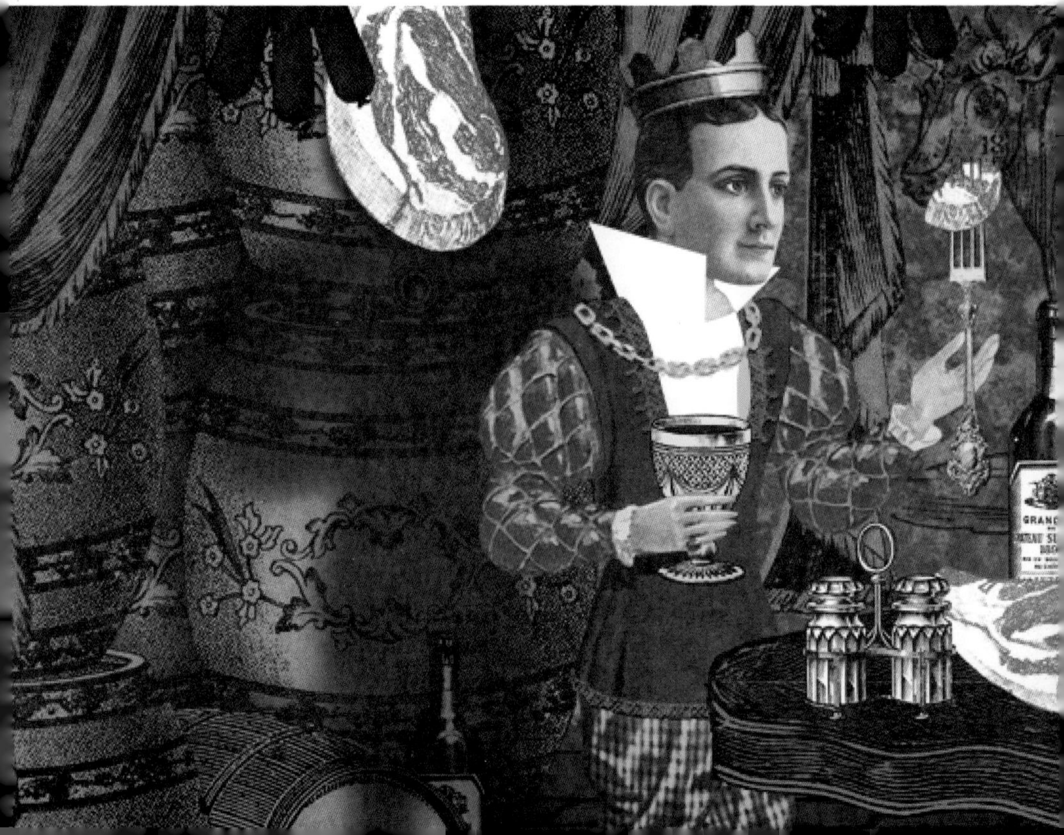

—Sí, éste es el anillo. Has superado la primera prueba pero ahora viene la segunda. ¿Ves los trescientos bueyes gordos que pastan frente a mi castillo? Debes comerlos todos con piel, huesos, pelos y cuernos, pero no te será permitido invitar a más de un comensal. En la bodega hay trescientos barriles de vino que también debes beber. Si queda un solo resto de comida o una sola gota de vino, tu vida será mía.

—Lo haré –dijo el príncipe, e hizo que el gordo lo acompañara en la mesa. Éste se comió los trescientos bueyes

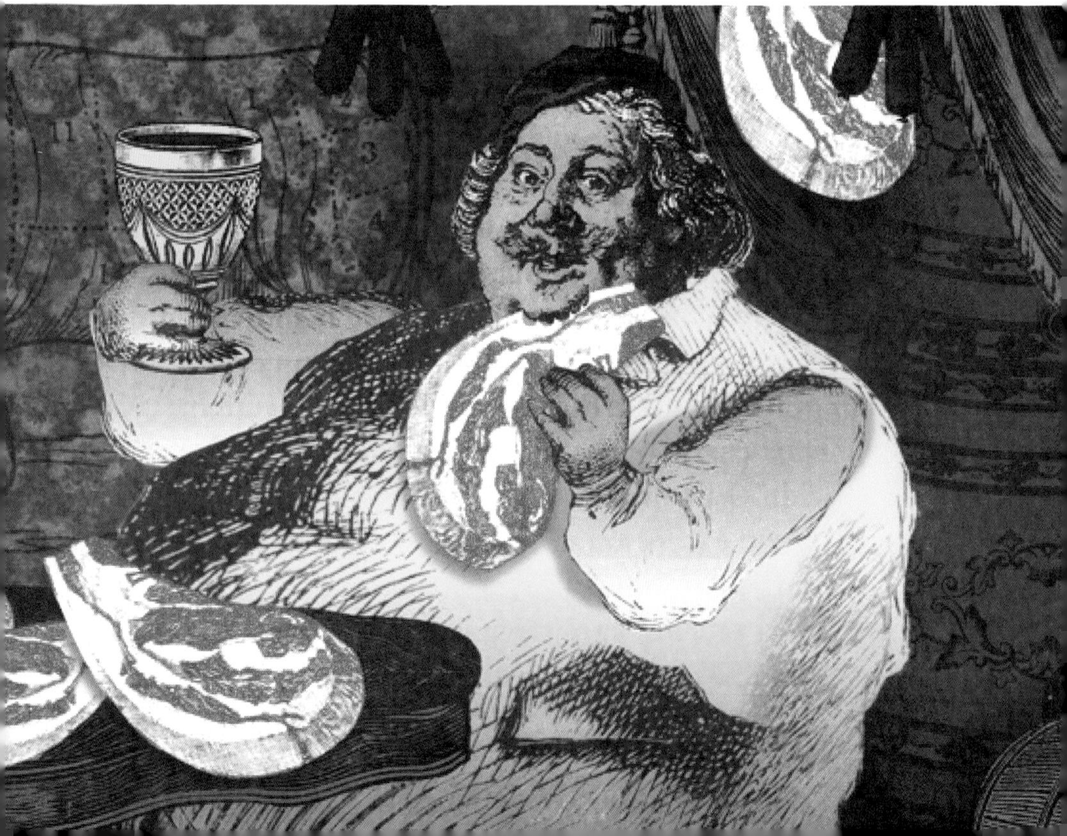

sin dejar un solo pelo y bebió el vino directamente de los barriles sin usar siquiera una copa.

Al ver eso, la maga quedó atónita.

—Ninguno ha llegado hasta ese punto, pero aún queda una tercera prueba –le dijo al príncipe pensando que todavía podía vencerlo.

—Esta noche llevaré a la doncella a tu alcoba y la dejaré en tus brazos para que estén juntos. Pero cuídate de quedarte dormido. Regresaré a las doce en punto, y si no la encuentro más en tus brazos, estarás perdido.

El príncipe pensó: "No es tan difícil, no cerraré los ojos". Pero, como siempre conviene prevenirse, hizo entrar a todos sus sirvientes. Al alto le hizo formar un cerco alrededor de la pareja y al gordo lo colocó en la puerta para que ningún alma viva pudiese entrar. Estuvieron sentados allí un rato y la hermosa doncella no dijo una sola palabra. La luna entraba por la ventana e iluminaba su rostro, mostrando su increíble belleza. Hasta las once todos se mantuvieron despiertos, pero luego la maga los hizo caer en un ensueño que no lograron resistir. Se durmieron profundamente hasta las doce menos cuarto, y cuando se despertaron, la princesa ya había huido. El príncipe y sus sirvientes se deshacían en lamentos, con excepción del escucha.

—¡Quédense quietos un momento! –les pidió, aguzando su oído–. La princesa está sentada en una roca a trescientas horas de aquí, quejándose de su destino.

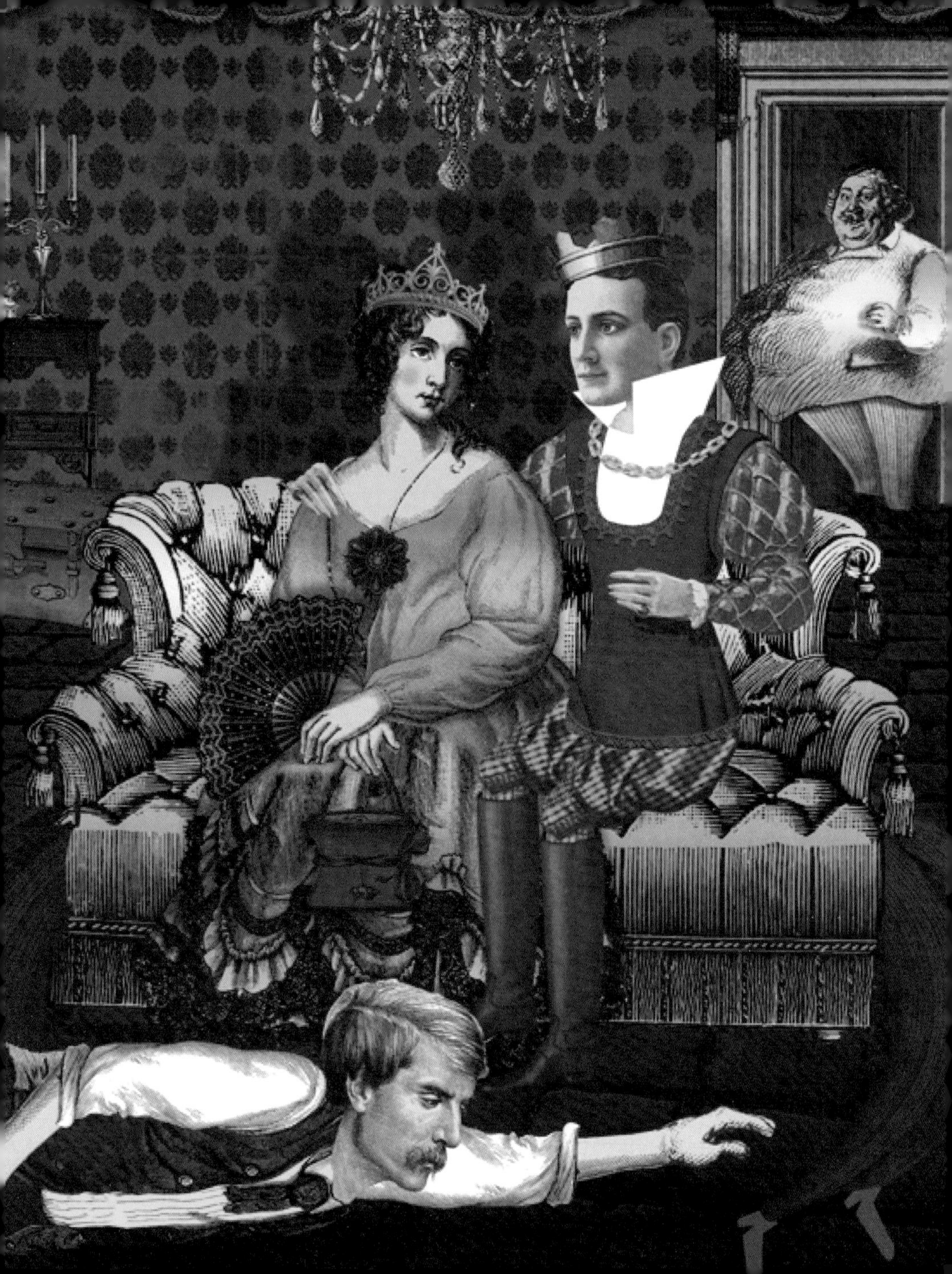

—Puedo ayudar —dijo el alto, y cargó al hombro al de los ojos vendados y, en un santiamén, estuvieron frente a la roca encantada. Entonces el alto le quitó al otro la venda de los ojos y apenas éste miró la roca, estalló en mil pedazos. El alto salvó a la princesa de las profundidades y retornó con ella en apenas tres minutos. A las doce en punto apareció la anciana creyendo que iba a encontrar al príncipe solo y profundamente dormido, pero allí estaba, despierto y con su hija en brazos.

Entonces la maga no tuvo otra opción que callarse, afligida, y también la princesa se decepcionó un poco porque finalmente la habían conquistado. Por lo tanto, a la mañana siguiente, la princesa hizo juntar trescientos kilos de leña. Le dijo al príncipe que, más allá de que hubiese superado las pruebas, ella ponía como condición para casarse con él que alguien se sentara sobre la leña encendida y aguantara el calor. Pensaba que, aunque sus sirvientes hicieran cualquier cosa por el príncipe, ninguno de ellos se haría quemar por él y entonces el príncipe, movido por su amor a la princesa, se sentaría él mismo sobre las brasas y ella quedaría liberada. Al oírla los sirvientes reflexionaron:

—Todos hemos hecho algo salvo el friolento —entonces lo llevaron a la hoguera y prendieron el fuego. Éste duró tres días hasta que se consumió el último leño. En ese momento, apareció el friolento entre las cenizas, temblando como una hoja y diciendo:

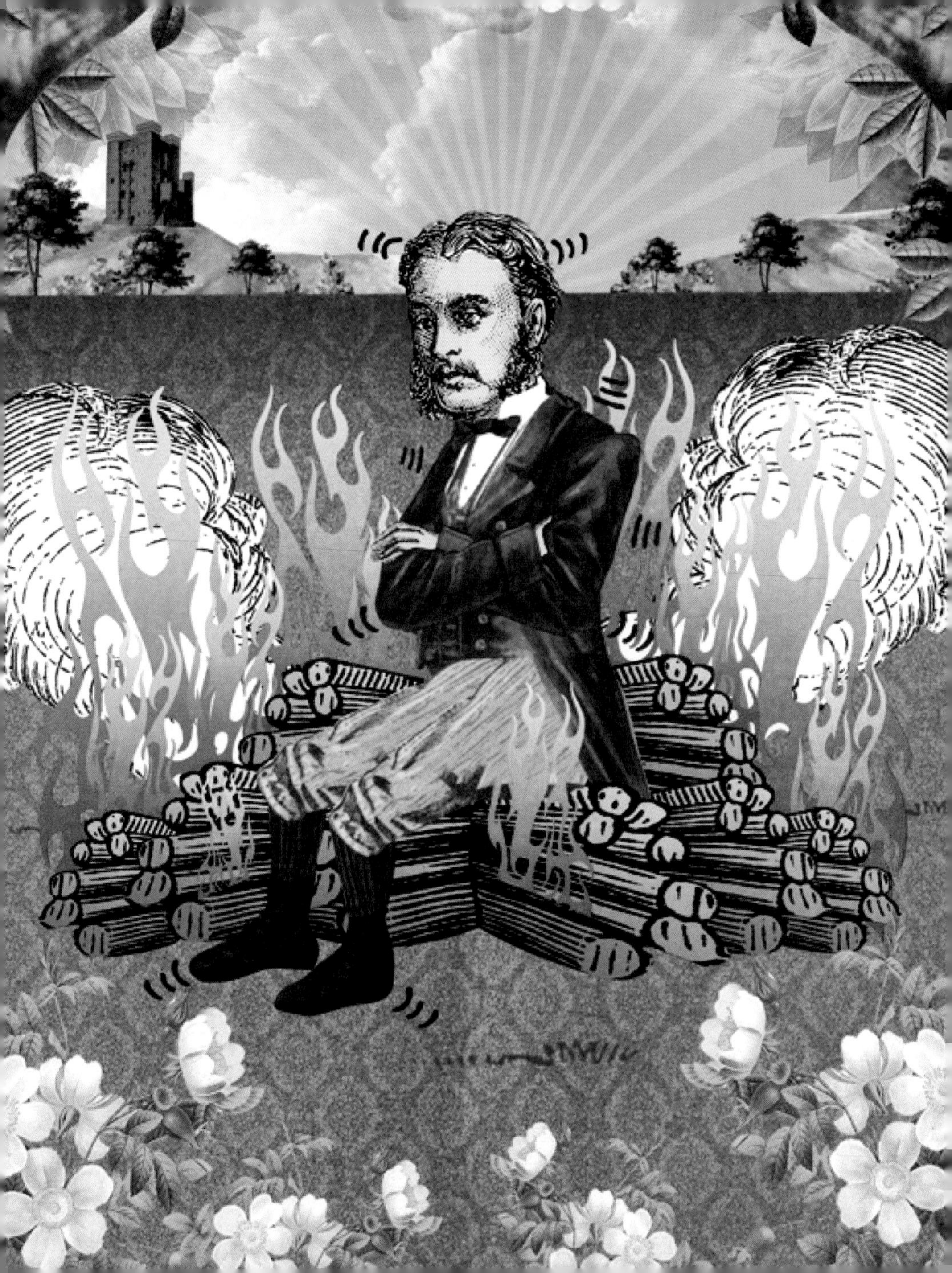

—¡No tuve un frío así durante toda mi vida! ¡Un poco más y me hubiera congelado!

Finalmente, la hermosa doncella no tuvo más remedio que casarse con el príncipe. Pero cuando salieron en el carruaje rumbo a la iglesia, la anciana dijo:

—No puedo admitirlo, ¡jamás! –y mandó tras ellos a sus ejércitos para que los mataran a todos y le devolvieran a su hija.

No obstante, el escucha que estaba atento oyó todo lo que había dicho la anciana y le avisó al gordo. Éste escupió una o dos veces detrás del carruaje y se formaron grandes aguas en las que quedaron inmovilizados los ejércitos. Al ver que éstos no volvían, la anciana envió jinetes armados. Pero el escucha los oyó acercarse, sacó la venda al de los ojos penetrantes y salieron disparados como pedazos de vidrio. Así, la pareja siguió su camino sin interrupciones y, una vez bendecido el matrimonio, los sirvientes se despidieron para seguir buscando fortuna por el mundo.

A media hora del castillo se encontraba una aldea, frente a la cual un pastor cuidaba su rebaño. Al llegar allí, el príncipe le comentó a su esposa:

—¿Estás segura de que sabes quién soy? Pues, no soy un príncipe sino un cuidador de cerdos y aquel hombre que ves allí es mi padre, a quien debemos ayudar.

Frente a la posada, ambos bajaron de la carroza y el príncipe les pidió en secreto a los posaderos que durante la noche le quitasen sus ropas a la princesa. Cuando se despertó a la mañana, la dama no tuvo nada que ponerse y la posadera, creyendo que le hacía un gran regalo, le dio una falda gastada y un par de medias de lana. Allí, la princesa terminó por creer que su esposo realmente no era más que un cuidador de cerdos y se resignó a acompañarlo en su labor.

—Lo merezco por mi soberbia –pensó en voz alta.

En ese momento llegaron algunas personas y le preguntaron por su marido.

—Es un cuidador de cerdos y acaba de salir para hacer una compra –respondió ella.

Entonces aquellas personas le pidieron que las acompañara y la llevaron al castillo. Cuando entró en la sala, vio allí

al príncipe con sus ropas, pero no lo reconoció hasta que él la abrazó, la besó y le dijo:

—Tanto he sufrido por ti que tú también merecías un poco de sufrimiento por mí.

Y entonces se festejó con tanto entusiasmo la boda, que quien les cuenta esta historia desearía también haber estado allí.

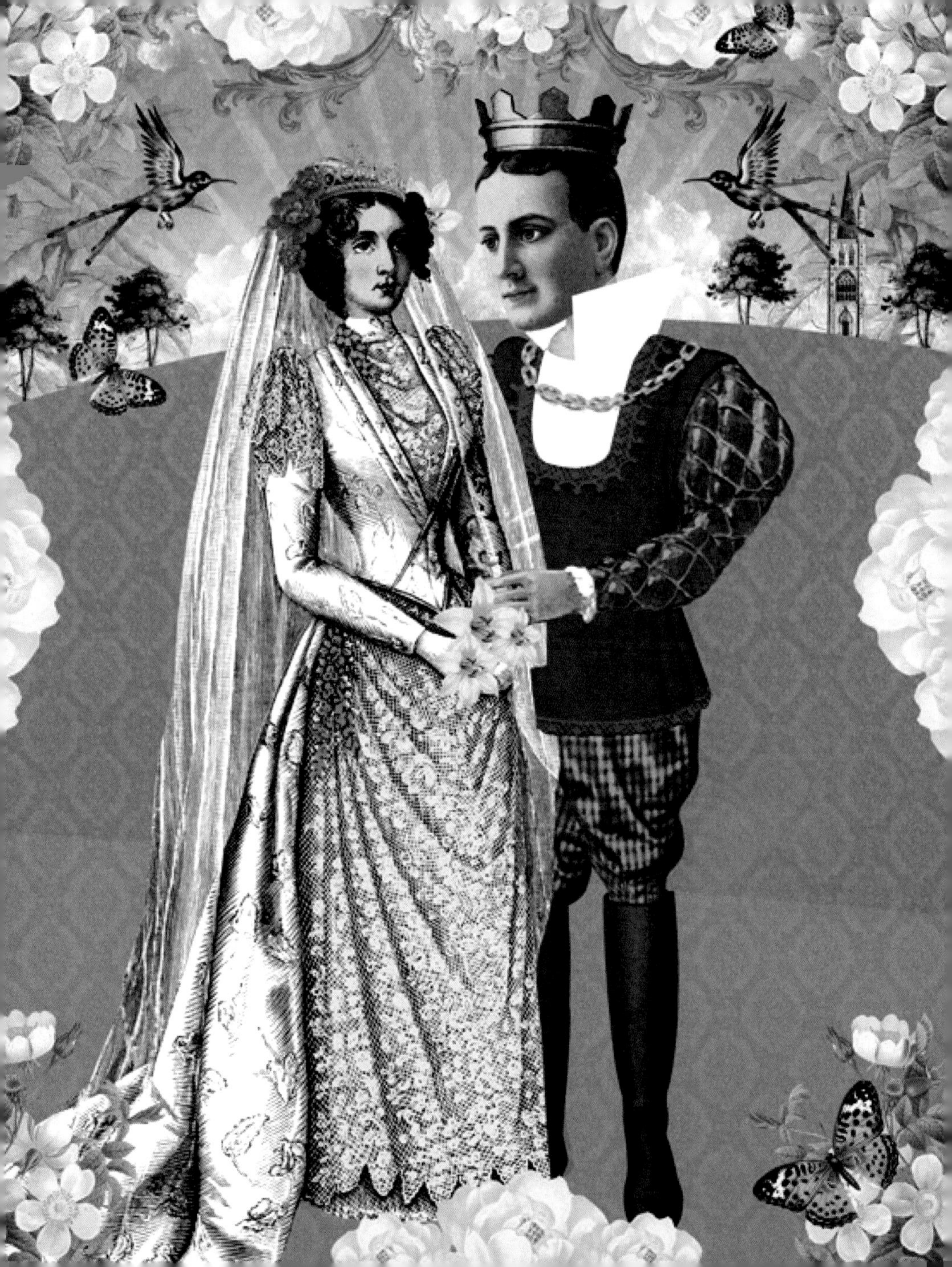

Los tres pelos del diablo

Érase una vez una mujer muy humilde que dio a luz un niño envuelto en la piel de la fortuna. En esa ocasión, le predijeron que a los catorce años de edad iba a casarse con una princesa. A los pocos días el rey apareció de incógnito en la aldea preguntando por las novedades.

—Nació un niño afortunado –le con- testaron–. Dicen que se casará con una prin- cesa a los catorce años.

Al rey no le gustó nada esta noticia y fue a

ver a los humildes padres de la criatura para preguntarles si no querían vendérsela.

—No –dijeron. Pero el forastero insistió y les ofreció una cantidad importante de oro, justamente a ellos que no tenían ni un pan para comer. Pensando que de ese modo a su niño afortunado nada le faltaría, finalmente accedieron.

El rey tomó a la criatura, la puso en una caja de cartón y la subió a su caballo. Cuando llegó a una corriente profunda de agua, arrojó en ella la caja con el niño, pensando: "Así ya no podrá casarse con mi hija". Sin embargo, la caja salió flotando y, por gracia de Dios, no entró ni una sola gotita de agua. Siguió bajando el arroyo hasta llegar a unas dos millas[1] de la capital del reino, donde quedó atascada en la presa de un molino. El ayudante del molinero vio la caja, tomó un gancho grande, la acercó y, como era tan pesada, pensó que contenía dinero. Pero, cuando la abrió, encontró adentro a un niño hermoso, vivo y alegre. Los molineros no tenían hijos, entonces se pusieron contentos de haber hallado uno y creyeron que había sido un regalo de Dios.

Por lo tanto, lo cuidaron mucho y lo criaron con todas las virtudes.

Cuando habían pasado unos trece años, el rey pasó casualmente por el molino y, al ver al muchachito, preguntó a los molineros si era su hijo.

---

[1] *Milla*: medida itineraria equivalente a poco más de un kilómetro y medio.

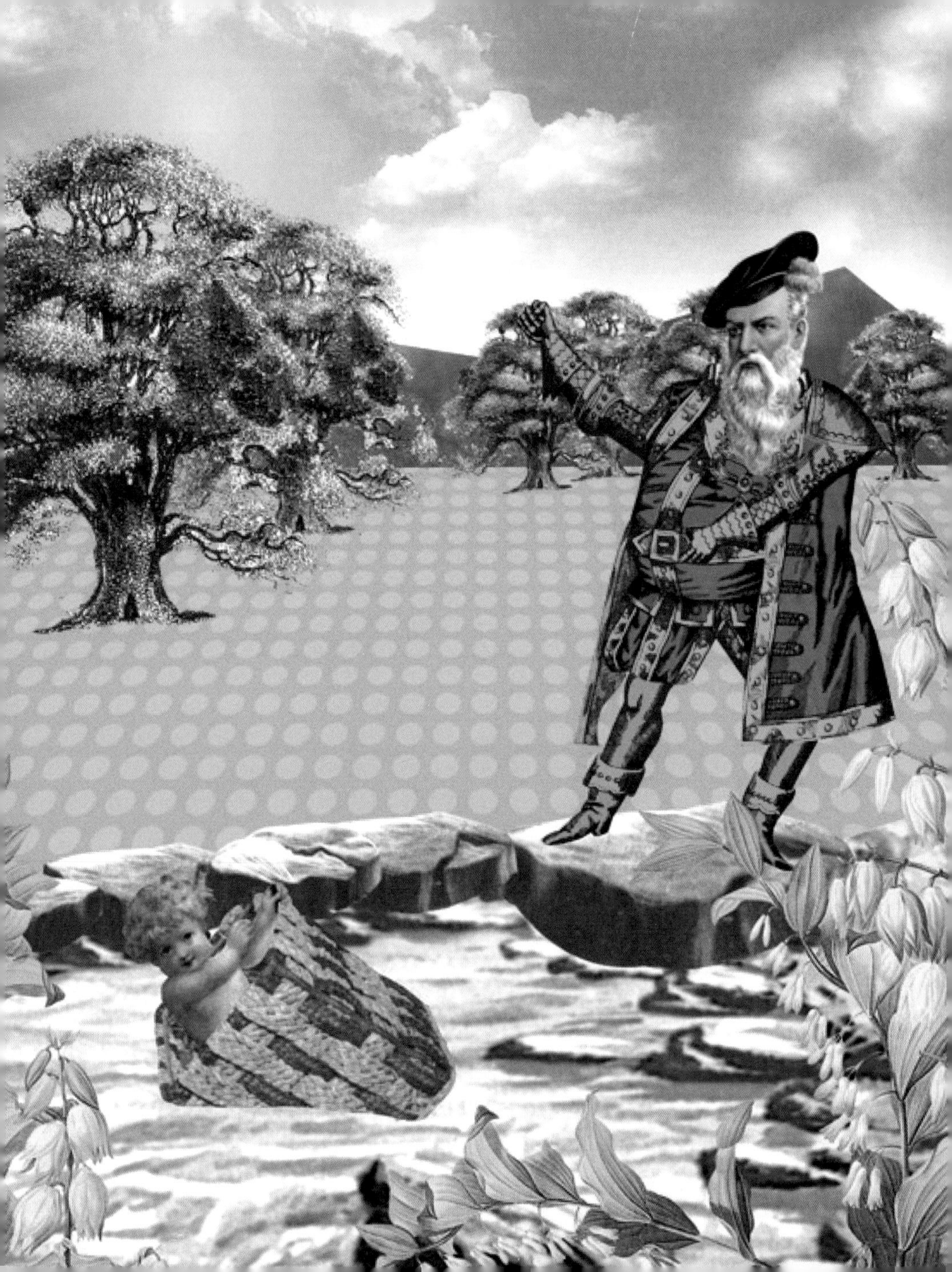

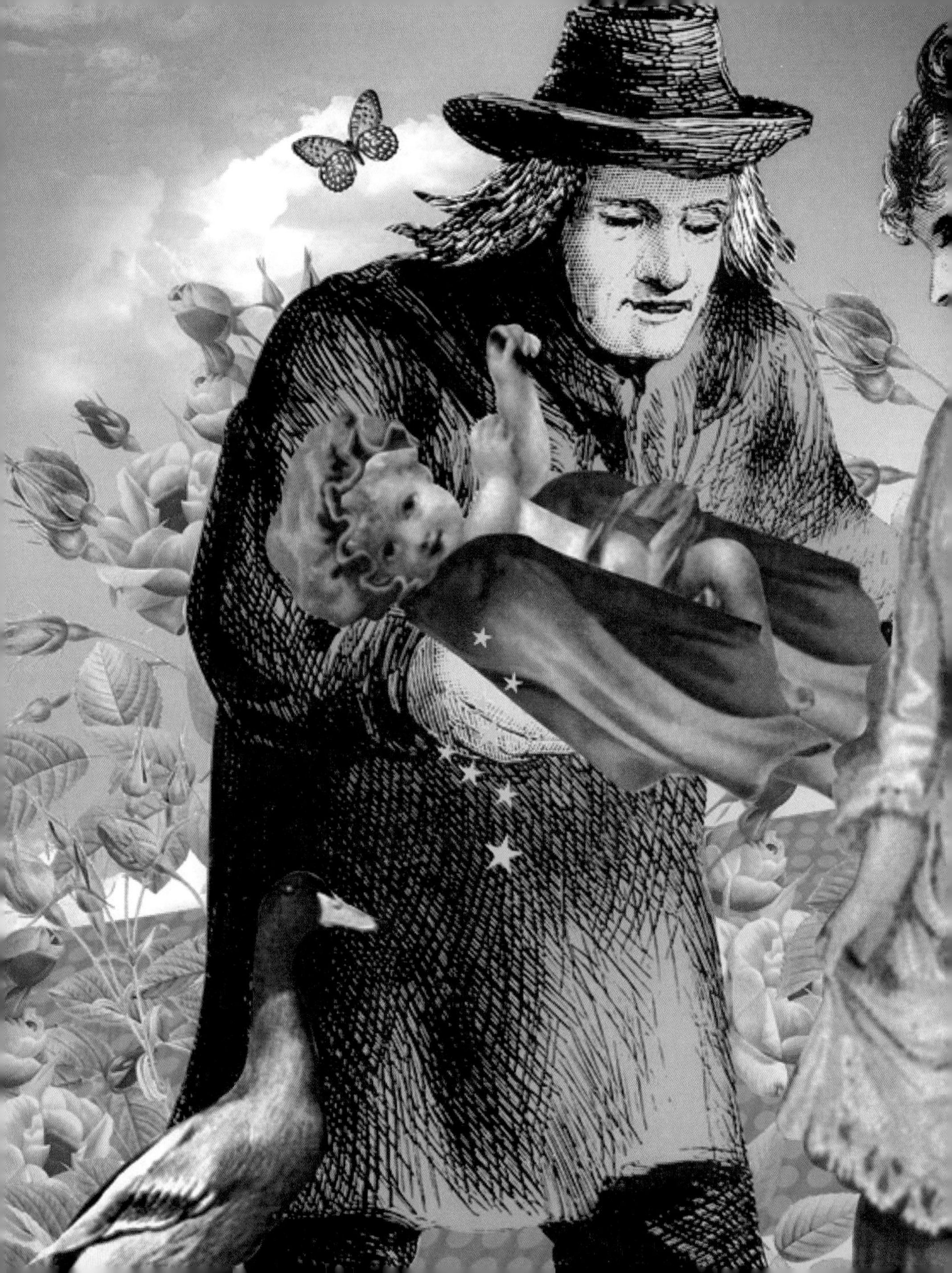

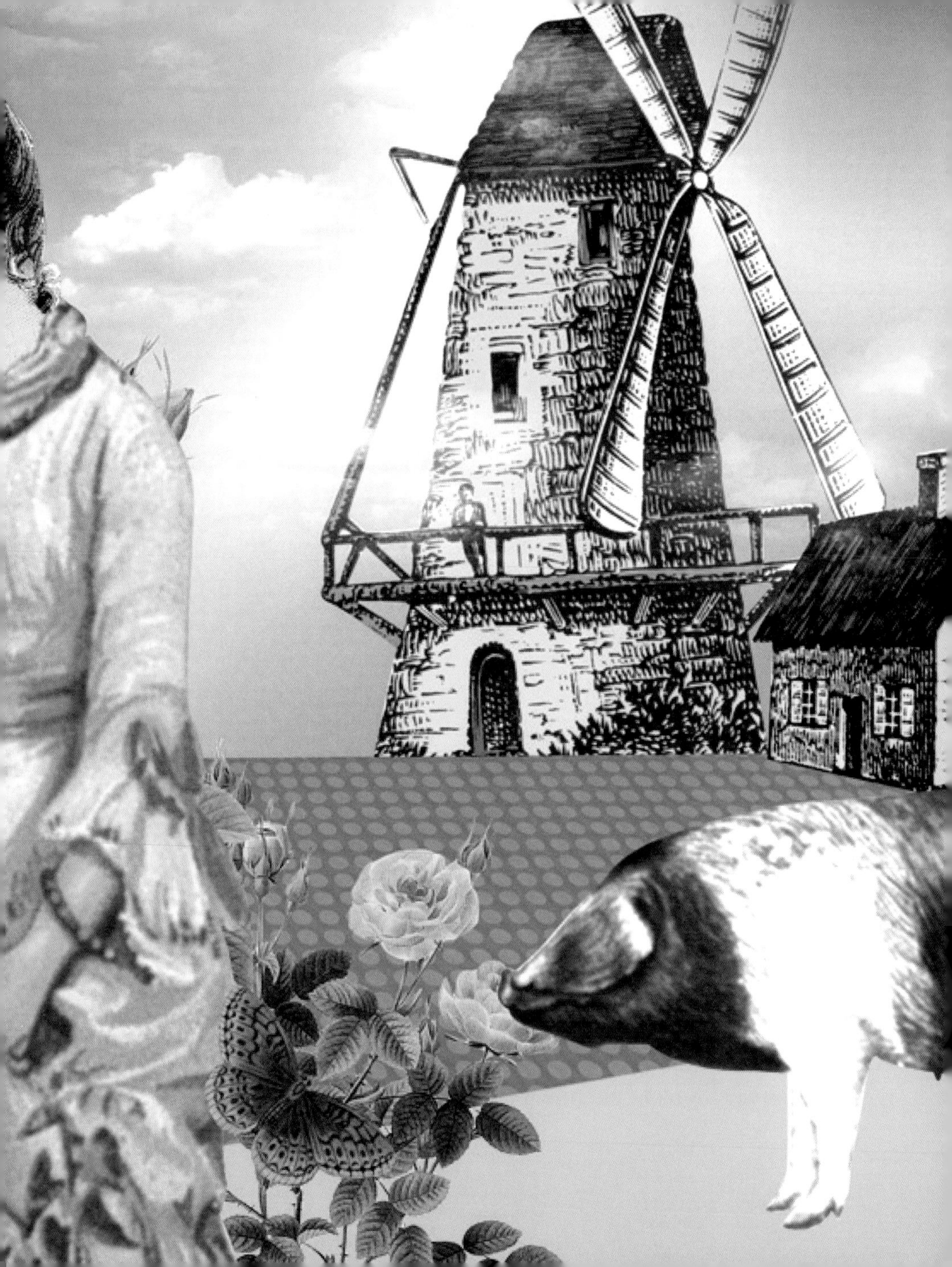

—No —contestaron—, el ayudante lo encontró en una caja que llegó por el arroyo y se atoró en la presa del molino.

—¿Cuánto tiempo hace? —interrogó el rey.

—Hace unos trece años.

—¡Qué bien, qué bien! —dijo el rey—. Díganme, ¿no sería posible que el muchachito llevara una carta para la reina? Me haría un gran favor y le daría una retribución por el servicio.

—Como mande, Su Majestad —dijo el molinero.

El rey, que sabía muy bien que se trataba del niño afortunado, escribió una carta a la reina en la cual decía:

"Apenas este muchacho llegue con la carta, hazlo matar y enterrar, pero debe ser antes de mi llegada".

El muchacho se fue con la carta, pero se perdió y, por la tarde, llegó a un gran bosque. Al caer la noche, vio una luz entre los árboles. La siguió y llegó a una pequeña casita. Adentro no había nadie más que una anciana que se asustó al verlo entrar.

—¿De dónde vienes y a dónde vas? —le preguntó.

—Voy a ver a la Señora Reina, pues me mandaron a entregarle una carta. Pero me perdí y quisiera pasar la noche acá.

—¡Pobre muchachito! —dijo la mujer—. Caíste en la cueva de unos ladrones; cuando regresen te matarán.

—Es que estoy tan cansado que ya no puedo seguir —contestó él. Dejó la carta en la mesa, se recostó en un banco y se durmió.

Cuando llegaron los ladrones y lo vieron allí, preguntaron quién era el forastero.

—Por compasión lo alojé –dijo la anciana–. Tenía que llevar una carta a la reina pero se perdió.

Los ladrones agarraron la carta, la abrieron y se enteraron de la orden de matar al muchachito. Entonces, el cabecilla la rompió y escribió otra diciendo que, apenas llegara el muchachito, debían casarlo con la princesa. Dejaron que el joven durmiera hasta la mañana siguiente; luego le dieron la carta y le indicaron el camino por donde tenía que ir. Cuando la reina leyó la carta, ordenó preparar la boda y, como el muchacho afortunado era bello y amable, la princesa lo aceptó gustosamente como esposo y vivieron felices por un tiempo.

Pero un día el rey volvió al palacio y, cuando vio que la predicción se había cumplido y el niño afortunado se había casado con su hija, se asustó y preguntó:

—¿Pero cómo fue que sucedió esto? ¿No leíste lo que decía mi carta?

—Querido esposo –le dijo la reina–, aquí está tu carta, lee tú mismo lo que dice.

El rey leyó la carta y vio que la habían cambiado por otra, entonces le preguntó al joven qué había sucedido con la que él le había confiado.

—No sé nada –contestó–, seguramente ocurrió durante aquella noche en que me quedé dormido.

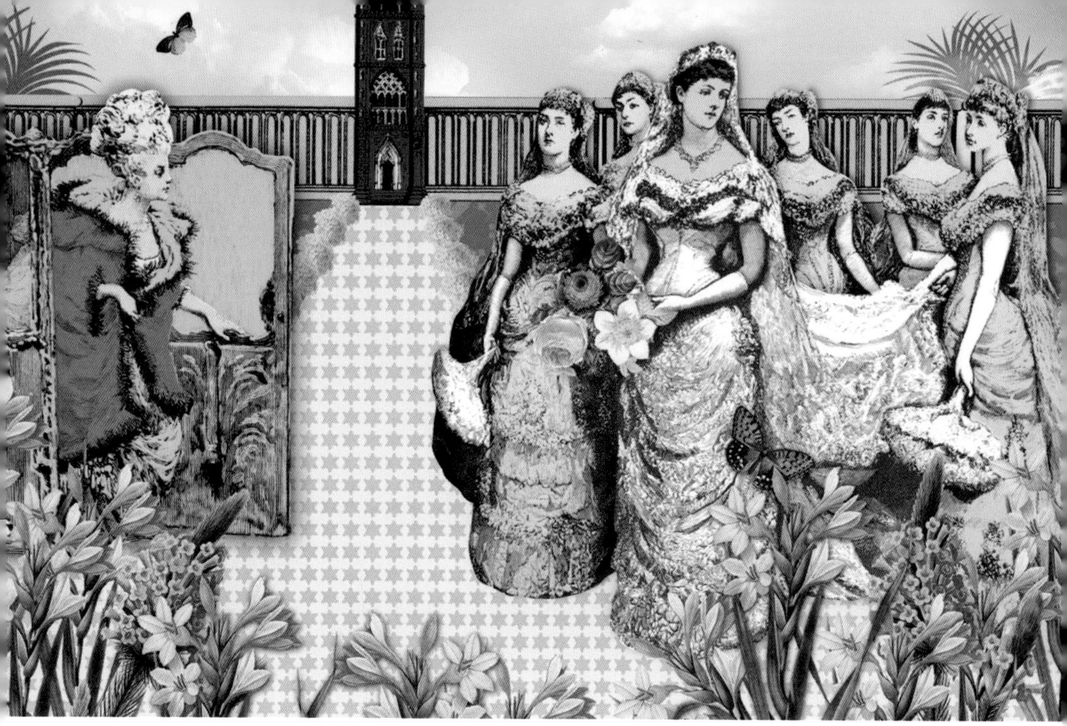

Entonces el rey se puso furioso y dijo:

—No, así no será. Quien quiera tener a mi hija deberá traerme del infierno tres pelos dorados de la cabeza del diablo. Si me los traes, podrás quedarte con mi hija.

—Los traeré –dijo el muchacho afortunado, se despidió de su esposa y se marchó.

El jovencito llegó a una gran ciudad y el guardia que estaba en la puerta le preguntó qué oficio tenía y qué sabía hacer.

—Sé hacer muchas cosas –contestó.

—Entonces nos podrás hacer un favor diciéndonos por qué la fuente de nuestra plaza, que antes nos daba vino, ahora ni siquiera nos da agua. Como retribución, te daremos dos burros cargados de oro.

—Con mucho gusto —aceptó—, pero a mi regreso.

Siguió su camino y llegó a otra ciudad cuyo guardia también le preguntó:

—¿Qué oficio tienes y qué sabes hacer?

—Muchas cosas —contestó.

—Entonces nos podrás hacer un favor diciéndonos por qué el árbol que antes daba manzanas de oro ahora ni siquiera tiene hojas. Te recompensaremos por ello.

—Con mucho gusto —aceptó—, pero a mi regreso.

Siguió su camino y llegó a un gran espejo de agua que tenía que cruzar. El balsero le preguntó:

—¿Qué oficio tienes y qué sabes hacer?

—Sé hacer muchas cosas —contestó.

—Entonces me podrás hacer un favor diciéndome por qué debo seguir navegando eternamente sin que nadie me releve. Te retribuiré tu ayuda.

—Con mucho gusto —aceptó—, pero a mi regreso.

Luego de haber cruzado el agua, llegó al infierno, que se veía negro y lleno de hollín. Pero el diablo no estaba en casa; sólo su abuela, sentada en un ancho sillón.

—¿Qué deseas? —le preguntó.

—Tres pelos dorados de la cabeza del diablo —le contestó—. Sin ellos no podré quedarme con mi esposa.

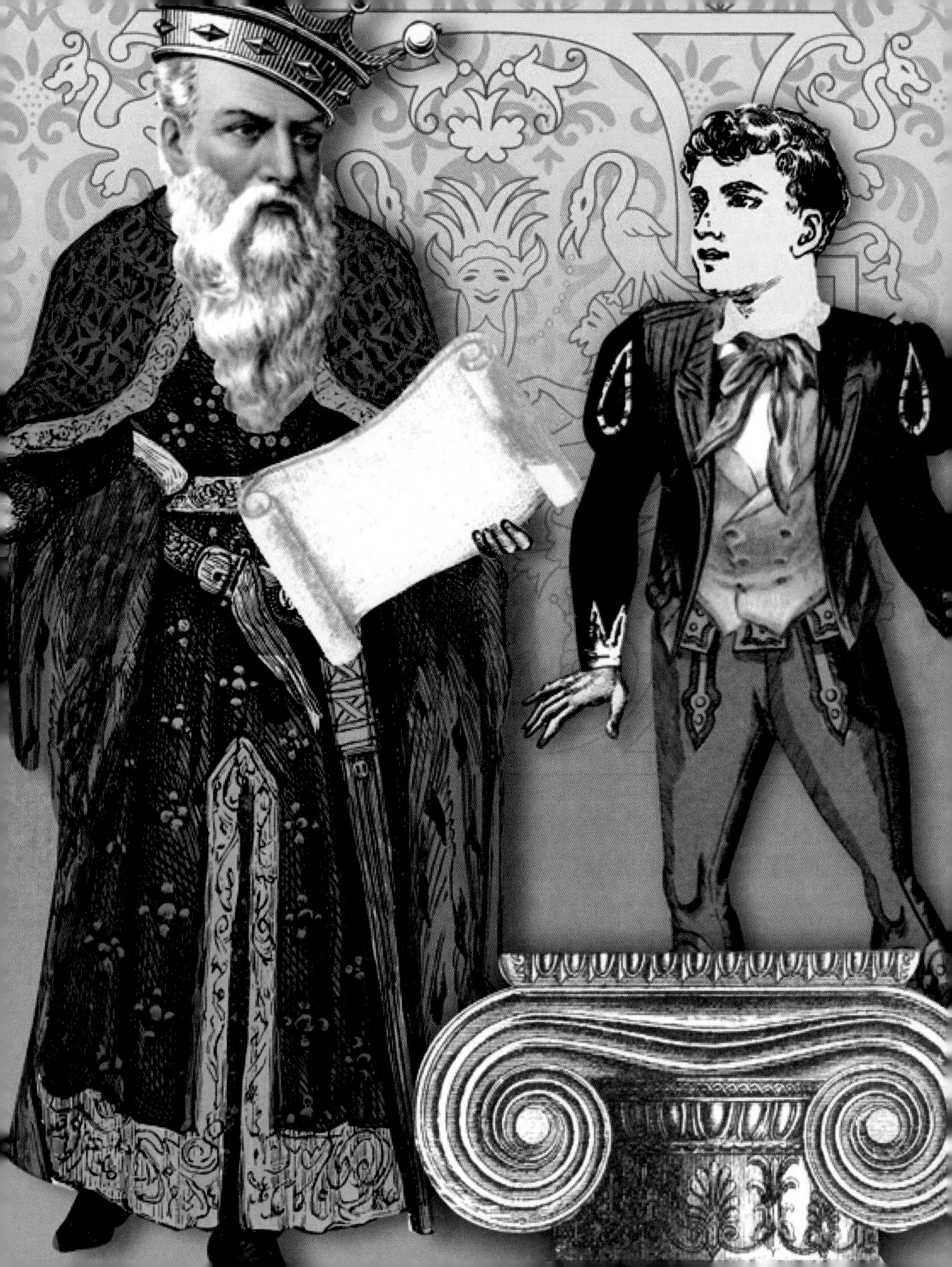

Entonces la anciana lo transformó en una hormiga y le dijo:

—Métete entre los pliegues de mi falda; allí estarás a salvo.

—Bueno —dijo él—, pero también quiero saber por qué la fuente de la que antes salía vino ahora ni siquiera da agua; por qué el árbol que antes daba manzanas de oro ahora no tiene hojas; y por qué el balsero siempre debe ir y volver sin que nadie lo releve.

—Son tres preguntas muy difíciles —dijo la anciana—, pero si te quedas quieto, escucharás las respuestas del diablo cuando le saque los tres pelos dorados.

No faltaba mucho para la noche y el diablo regresó a su casa. Olfateó por todas partes y dijo:

—¡Percibo... percibo el olor a impura carne humana!

Y empezó a buscar y a revisar, pero fue en vano. La abuela lo retó diciendo:

—No me desordenes toda la casa; hasta hace un rato estuve barriendo. ¡Siéntate y toma tu merienda! Siempre estás oliendo carne humana.

Después de comer y de beber, el diablo apoyó su cabeza en la falda de la abuela, le dijo que estaba cansado y le pidió que le quitara los piojos de la cabeza. Al rato se quedó dormido, respirando fuerte y roncando. Entonces la abuela tomó uno de los pelos dorados, lo arrancó y lo puso a su lado.

—¡Ay! —gritó el diablo—, ¿qué es esto?

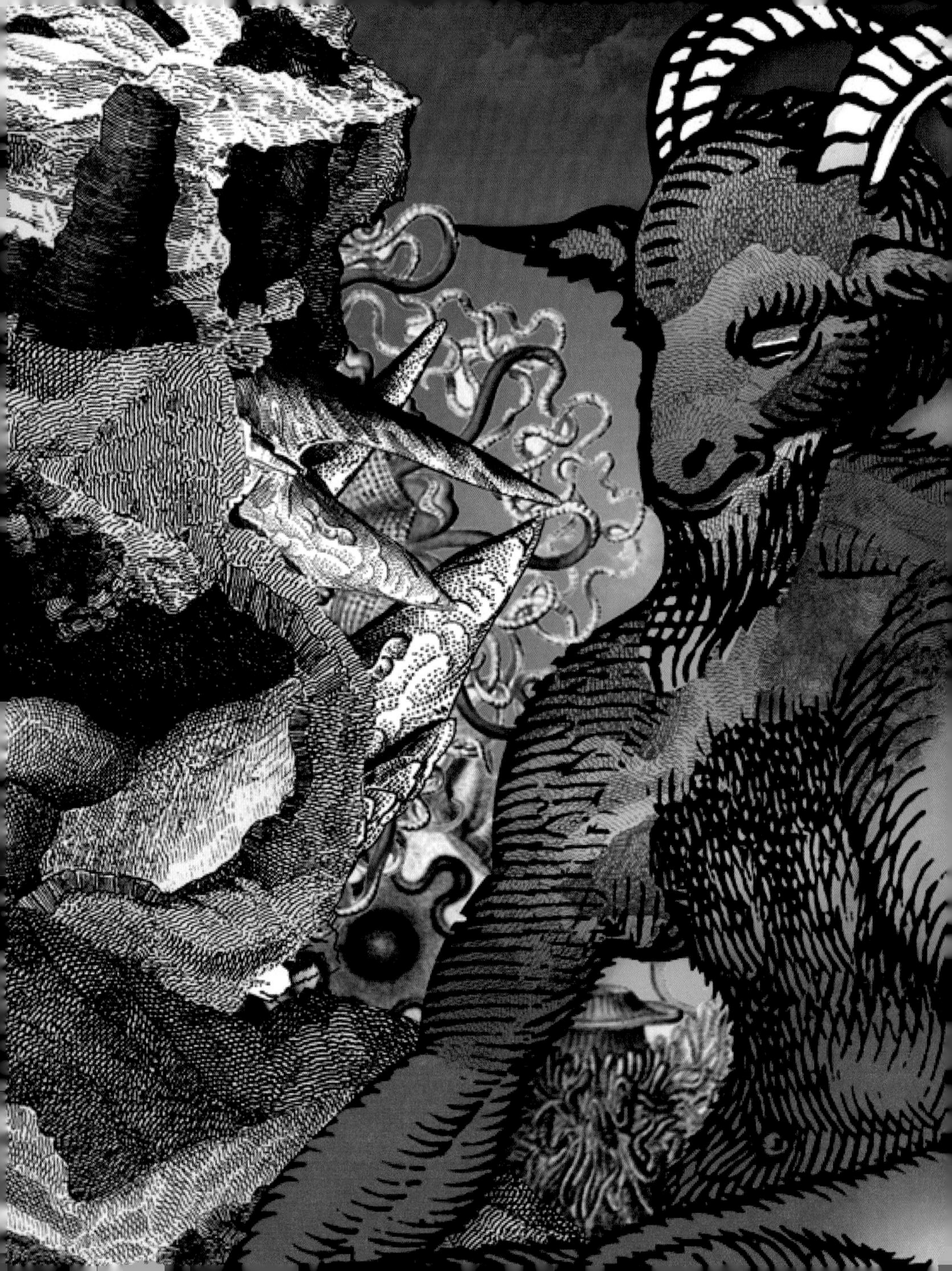

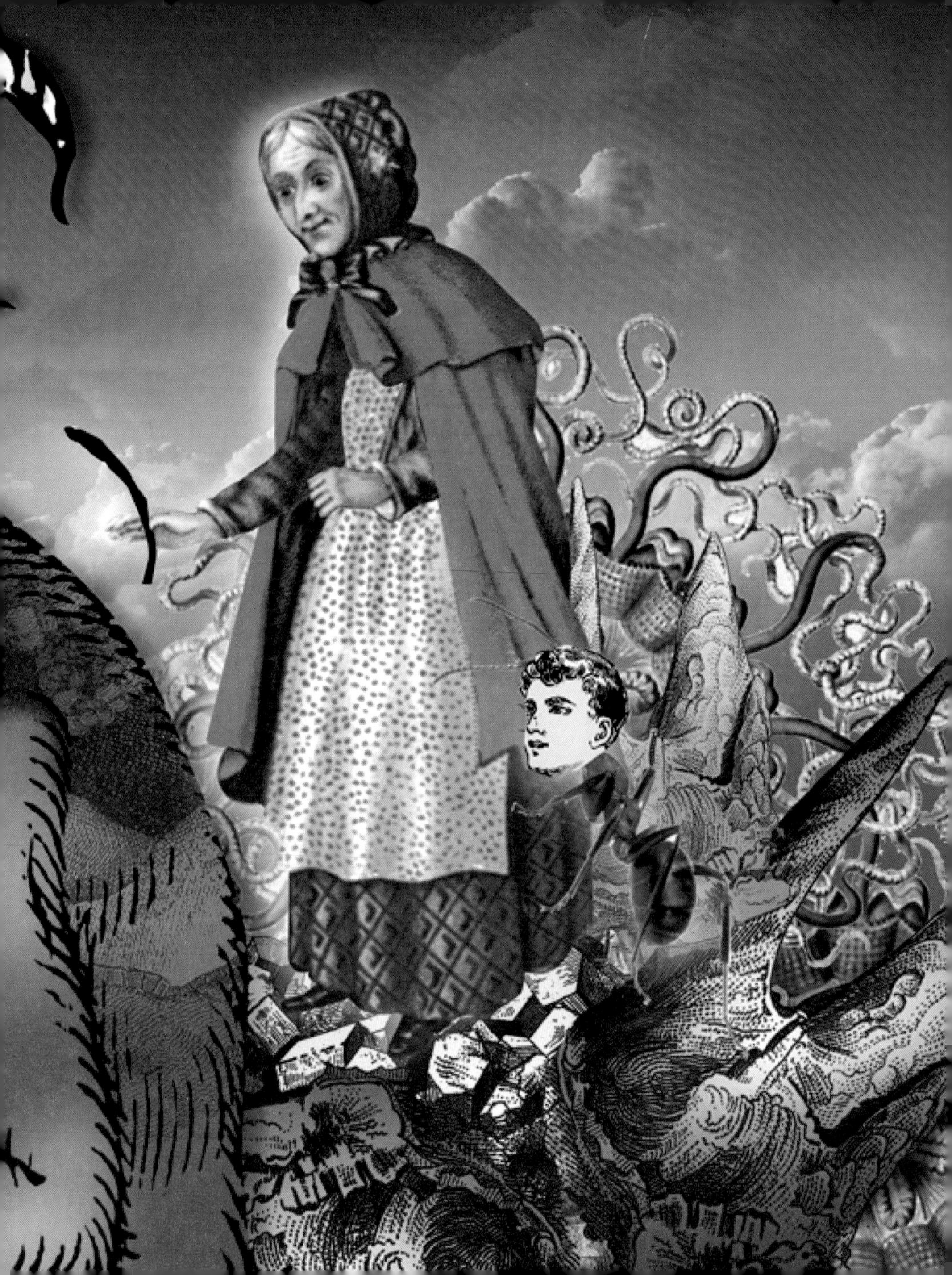

—Tuve una pesadilla —dijo la abuela—, por eso te tiré del pelo.

—¿Qué era lo que estabas soñando?

—Soñé que la fuente de una plaza que antes daba vino se había agotado y que ahora ni siquiera salía agua. ¿Qué podrá ser?

—Ja, ¡si supieran! —contestó el diablo—. En la fuente hay una rana debajo de una piedra. La tienen que matar y entonces volverá a funcionar.

La abuela siguió despiojando al diablo hasta que éste volvió a dormirse y a roncar tan fuerte que temblaban los vidrios de la ventana. Entonces le arrancó un segundo pelo.

—¡Uy! —gritó el diablo—, ¿qué haces?

—No te enojes —dijo la abuela—, lo hice porque estaba soñando.

—¿Qué era lo que soñabas?

—Soñé que en un reino había un manzano que antes daba frutas de oro y ahora ni siquiera tenía hojas. ¿Qué podrá ser?

—Ja, ¡si supieran! —contestó el diablo—. Un ratón está comiendo su raíz. Tienen que matarlo y volverá a tener manzanas de oro. Si sigue comiendo la raíz, el árbol se secará. Pero déjame en paz con tus pesadillas. Si me despiertas una sola vez más, te voy a castigar.

La abuela siguió quitándole los piojos hasta que se volvió a dormir y a roncar. Entonces agarró el tercer pelo dorado y se lo arrancó. El diablo saltó y quiso romper todo, pero la anciana lo tranquilizó y le dijo:

—¡Son pesadillas terribles!

—¿Qué era lo que estabas soñando?

—Soñé con un balsero que iba y volvía, y nunca nadie lo venía a relevar. ¿Qué podrá ser?

—¡Qué tonto! –contestó el diablo–. Cuando venga alguno que quiera cruzar, le tiene que dar el remo en la mano y quedará libre. Pero sigue quitándome los piojos, así me vuelvo a dormir.

Entonces lo dejó seguir durmiendo, y cuando se hizo de día, el diablo se fue. Al saber que estaba ya lejos, la abuela sacó a la hormiga de sus faldas y la volvió a transformar en el joven que había sido. Luego le dio los tres pelos dorados y le preguntó:

—¿Escuchaste y entendiste todo lo que dijo el diablo?

—Sí –contestó el muchacho–. Y lo voy a recordar bien.

—Entonces ya sabes todo lo que necesitabas; ahora márchate.

El muchacho afortunado agradeció a la abuela del diablo y abandonó el infierno. Cuando llegó al barco, el balsero le pidió la respuesta.

—Primero crúzame y luego te diré lo que tienes que hacer –le dijo.

Luego de bajar de la balsa, le transmitió el consejo del diablo:

—Cuando venga otro que quiera cruzar, dale el remo y sal corriendo.

Después siguió su camino; llegó a la ciudad con el árbol sin frutos y el guardia le pidió la respuesta. Le respondió lo que le había escuchado decir al diablo:

—Maten al ratón que le está comiendo la raíz y volverá a dar manzanas de oro.

El guardia le agradeció y le entregó dos burros cargados de oro.

Finalmente, llegó a la ciudad cuya fuente se había quedado sin agua y el guardia también le pidió su ayuda. Entonces respondió lo mismo que había dicho el diablo:

—Hay una rana debajo de la piedra de la fuente. Búsquenla y mátenla, y entonces volverá a salir vino en abundancia.

El guardia le agradeció y le dio dos burros cargados de oro.

Al fin, el muchacho afortunado llegó a su casa, donde lo estaba esperando su esposa que se puso muy feliz al verlo y al escuchar que todo le había salido bien. Le dio al rey los tres pelos dorados del diablo, y aquél no tuvo posibilidades de objetarlo. Cuando el rey vio los cuatro burros cargados de oro, se puso muy contento y preguntó:

—Querido yerno, ¿de dónde sacaste todo este oro? ¡Es un tesoro enorme!

—Lo recibí cerca del lago —dijo el muchacho afortunado—, y todavía quedó mucho más.

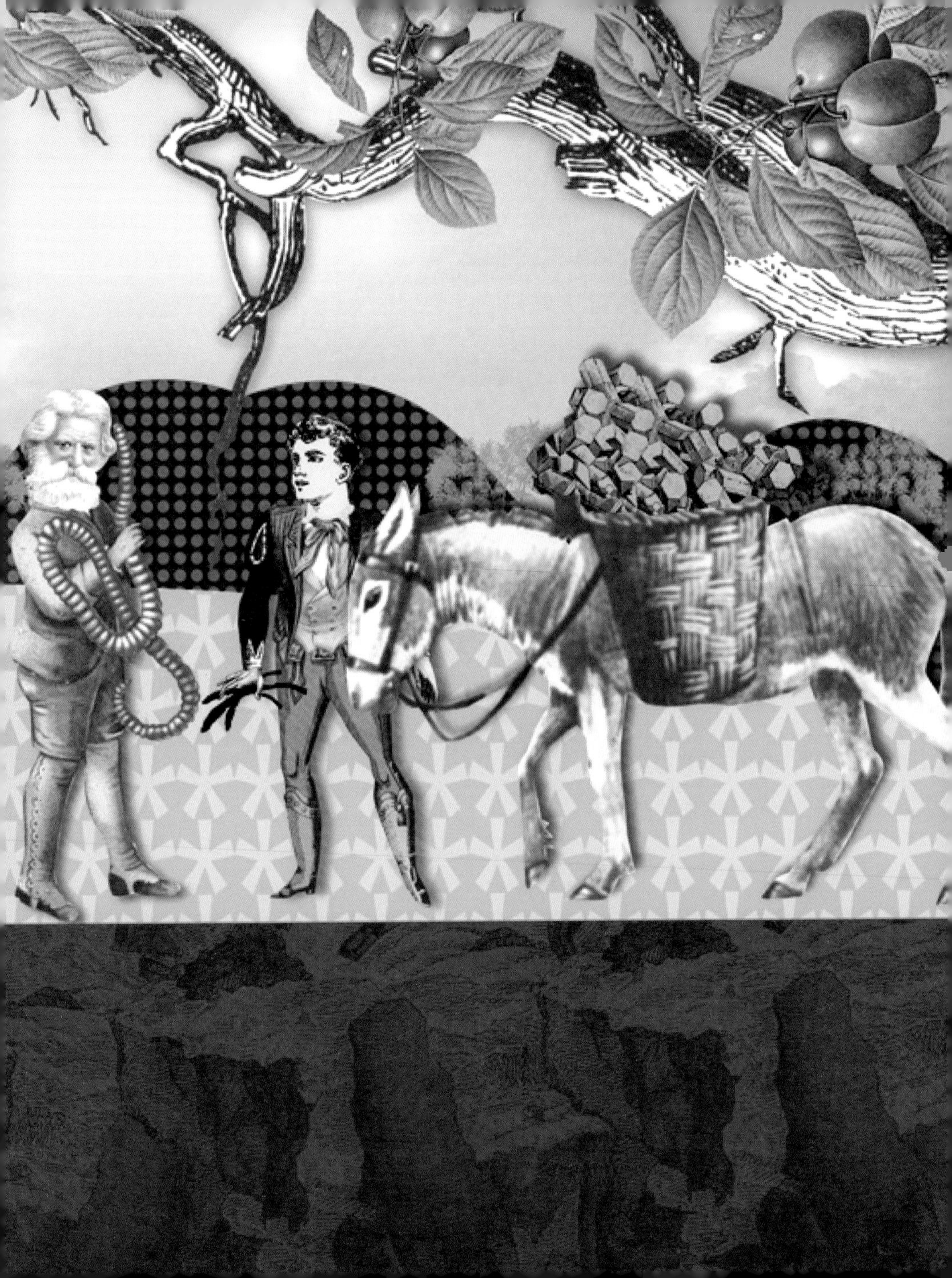

—¿Podré yo buscar algo también? —preguntó el rey ansioso.

—Todo lo que quiera —le contestó el muchacho—. Hay un balsero que lo va a cruzar; y del otro lado hay tanto oro en la orilla que parece arena.

Enseguida el rey se puso en camino y, cuando llegó al lago, le hizo señas al balsero. Éste lo subió a la balsa, pero cuando quiso bajarse del otro lado, le entregó el remo y saltó a tierra. Entonces el viejo rey debió pagar su crueldad navegando.

¿Seguirá navegando todavía?

Es muy probable, pues es difícil imaginarse que alguien le haya quitado el remo...

Blanca Nieves y Rosa Roja

Una pobre viuda vivía en una pequeña cabaña, delante de la cual había un jardín con dos rosales: uno de rosas blancas y el otro de rosas rojas. Y la viuda tenía dos hijas que se parecían a los rosales: una se llamaba Blanca Nieves y la otra, Rosa Roja. Ambas eran tan devotas y buenas, tan laboriosas y alegres como jamás lo habían sido dos niñas en el mundo.

Blanca Nieves simplemente era más callada y dulce que Rosa Roja. Rosa Roja prefería correr por las praderas y los campos, juntar flores y cazar mariposas. Blanca Nieves, por el contrario, se quedaba en la casa con la madre ayudándola con las tareas domésticas o leyéndole cuando no había nada que hacer. Las dos niñas se querían tanto que siempre salían tomadas de las manos y, cuando Blanca Nieves exclamaba: "Nunca nos separaremos", Rosa Roja agregaba: "No mientras vivamos". Y su madre finalizaba: "Lo que cada una tenga debe compartirlo con la otra".

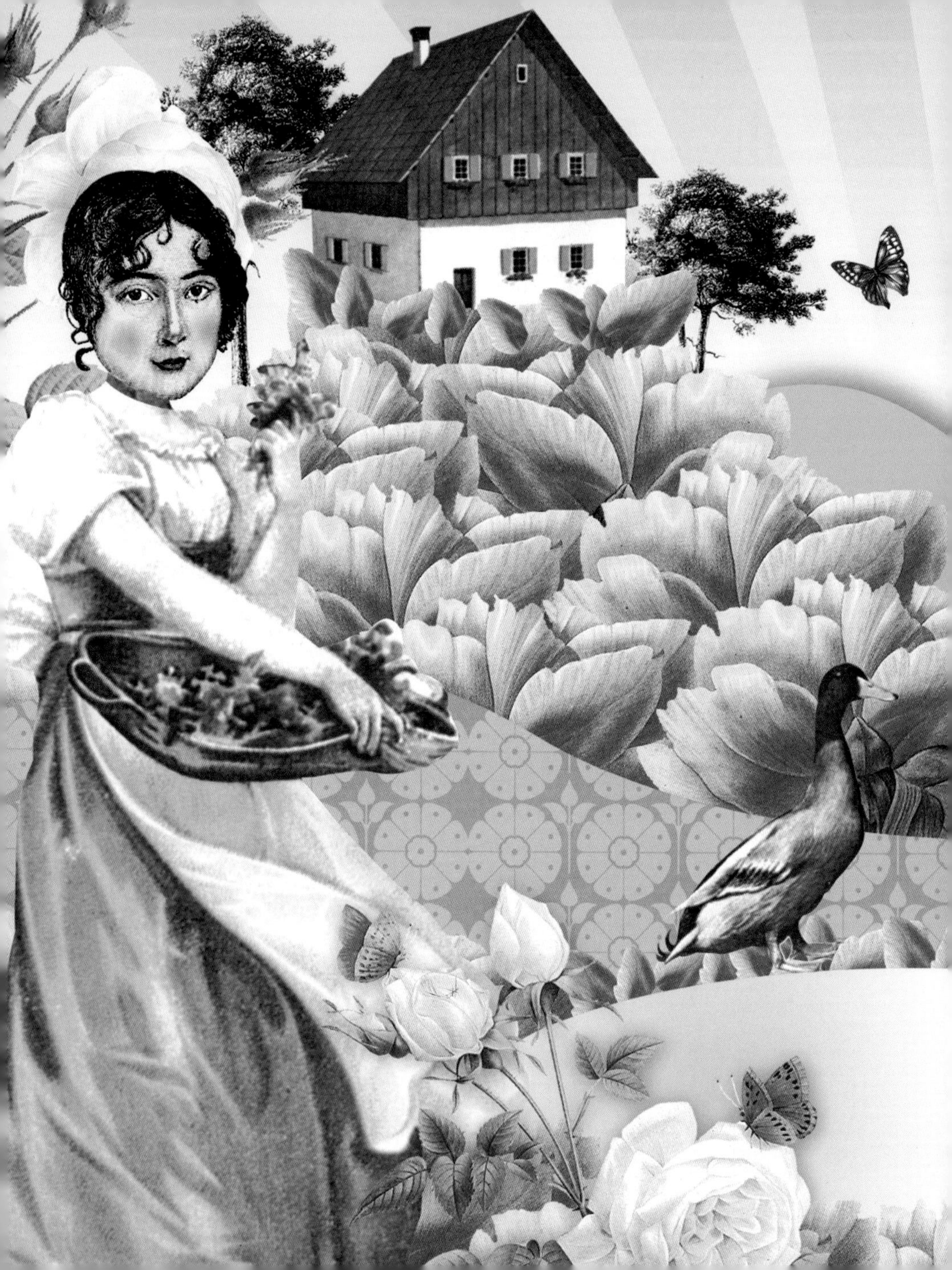

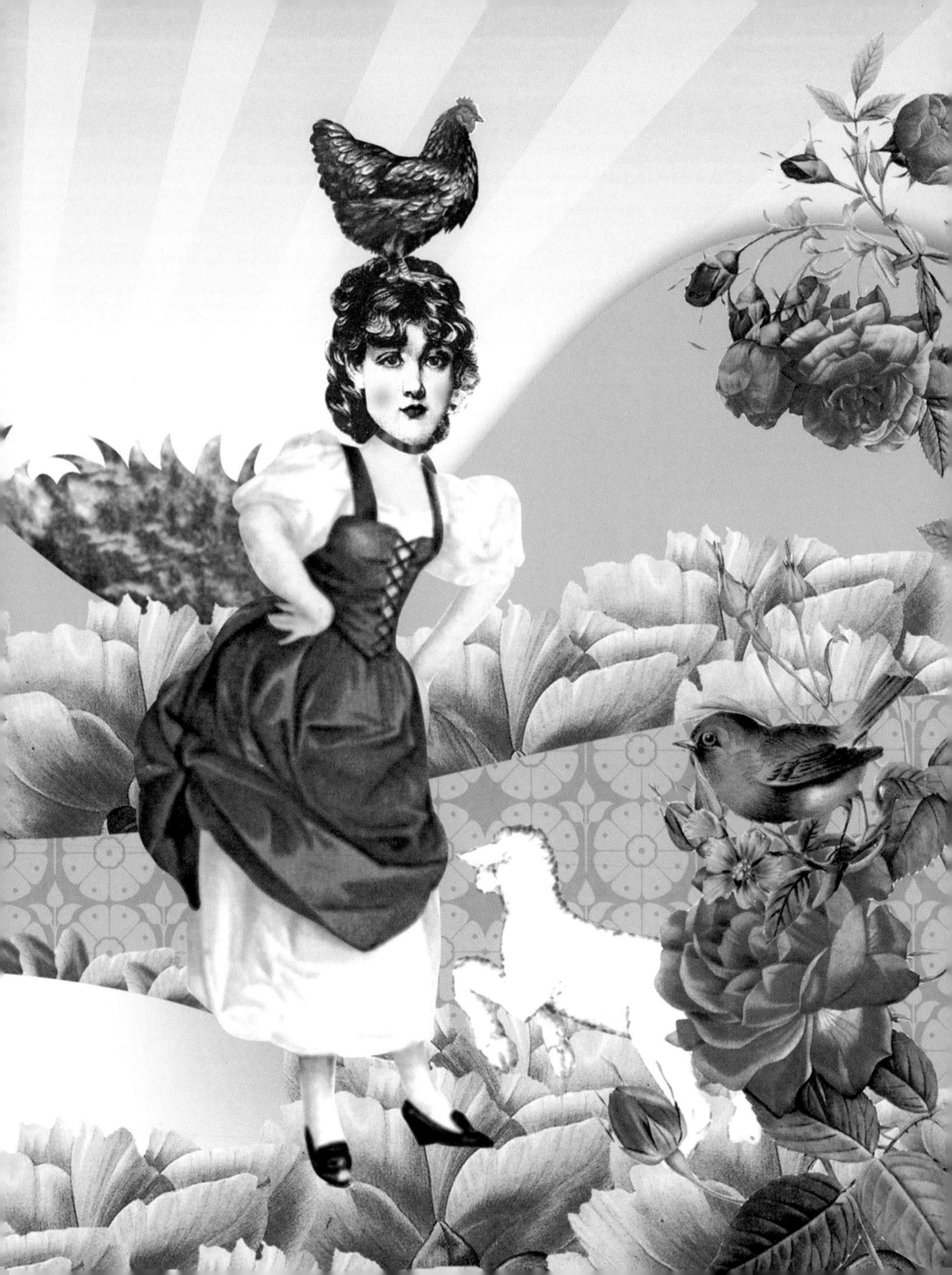

Muchas veces corrían solas por el bosque juntando frutillas coloradas, y los animales, en lugar de hacerles daño, se les acercaban con confianza: el conejo comía repollo de sus manos, el venado pastaba al lado de ellas, el ciervo pasaba a su lado saltando alegremente, y los pajaritos se quedaban sentados en las ramas cantando sus melodías. Nunca habían tenido un accidente y, cuando se les hacía tarde en el bosque y caía la noche, se acostaban en el musgo una al lado de la otra y dormían hasta la mañana. La madre lo sabía y no se preocupaba por ellas. Un día, al despertarse al alba tras haber pasado la noche en el bosque, vieron a un hermoso niño con un vestido blanco y resplandeciente sentado al lado de su lecho. Se levantó y las miró amablemente, pero se fue al bosque sin decir una sola palabra. Cuando las niñas miraron a su alrededor, se dieron cuenta de que se habían dormido muy cerca de un precipicio en el que seguramente habrían caído si hubieran dado unos pasos más en la oscuridad. La madre les dijo que habían visto al ángel que cuida a los niños.

Blanca Nieves y Rosa Roja mantenían tan limpia la cabaña de la madre, que era un placer mirarla por dentro. En el verano, Rosa Roja se ocupaba de ordenar la casa y todas las mañanas, antes de que su madre se despertara, le dejaba un ramo con una flor de cada rosal al lado de la cama. En el invierno, Blanca Nieves prendía el fuego del hogar. Sobre él, colgaba una olla de bronce que lucía como oro de tanto que la había lustrado. Por la noche, cuando caían los copos de nieve, la madre decía:

—Anda, Blanca Nieves, y traba la puerta.

Después se sentaban al lado de la cocina, la madre se ponía los anteojos y les leía un largo libro mientras las niñas hilaban. A su lado yacía un corderito y, detrás de ellas, posada en una barra, había una pequeña paloma blanca con la cabeza debajo de un ala.

Una noche que estaban así reunidas en la intimidad del hogar, alguien golpeó a la puerta pidiendo que lo dejaran entrar. La madre dijo:

—Rápido, Rosa Roja, ve a abrir. Será un viajero que busca alojarse.

Rosa Roja fue y destrabó la puerta, pero en lugar de un ser humano apareció la cabezota negra de un oso. La niña soltó un grito y dio un salto hacia atrás; el corderito baló; la paloma voló, y Blanca Nieves se escondió detrás de la cama de la madre. Para sorpresa de todos, el oso comenzó a hablar:

—No tengan miedo, pues no les haré daño. Estoy medio muerto de frío y sólo vengo en busca de un poco de calor.

—Ay, pobre oso –dijo la madre–, acuéstate aquí al lado del hogar y sólo cuida que tu piel no se incendie.

Y luego exclamó:

—¡Blanca Nieves, Rosa Roja, vengan! El oso no les hará nada; es honesto.

Entonces, las niñas salieron y poco a poco se acercaron también el corderito y la paloma, que ya no tuvieron miedo de él. El oso agregó:

—Acérquense, niñas, y sáquenme un poco la nieve de la piel.

Con una escoba le limpiaron la piel al oso, mientras éste se fue estirando al lado del fuego, gruñendo gustoso y contento. Al poco tiempo, las niñas ya habían tomado confianza con su torpe huésped y empezaron a bromear con él despeinándole la piel con sus manos, poniéndole los pies en la espalda para hacerlo rotar de un lado al otro o agarrando una ramita para pegarle con suavidad. Cuando empezó a gruñir, se rieron. El oso, no obstante, lo toleró plácidamente y, sólo cuando se empezó a molestar, gritó:

—¡Déjenme en paz, niñas, Blanca Nieves y Rosa Roja, o se quedarán sin novio!

Cuando llegó la hora de dormir y los demás se fueron a la cama, la madre le dijo al oso:

—¡Quédate, en nombre de Dios, allí al lado de la cocina! Así estarás protegido del frío y del temporal.

Al amanecer, las niñas le abrieron la puerta y el oso se fue al bosque trotando por la nieve. Desde ese día, el animal aparecía todas las noches a la misma hora, se acostaba al lado de la cocina y dejaba que las niñas bromearan con él como quisieran. Y se acostumbraron tanto a él que no trababan la puerta hasta que su compañero no hubiera llegado.

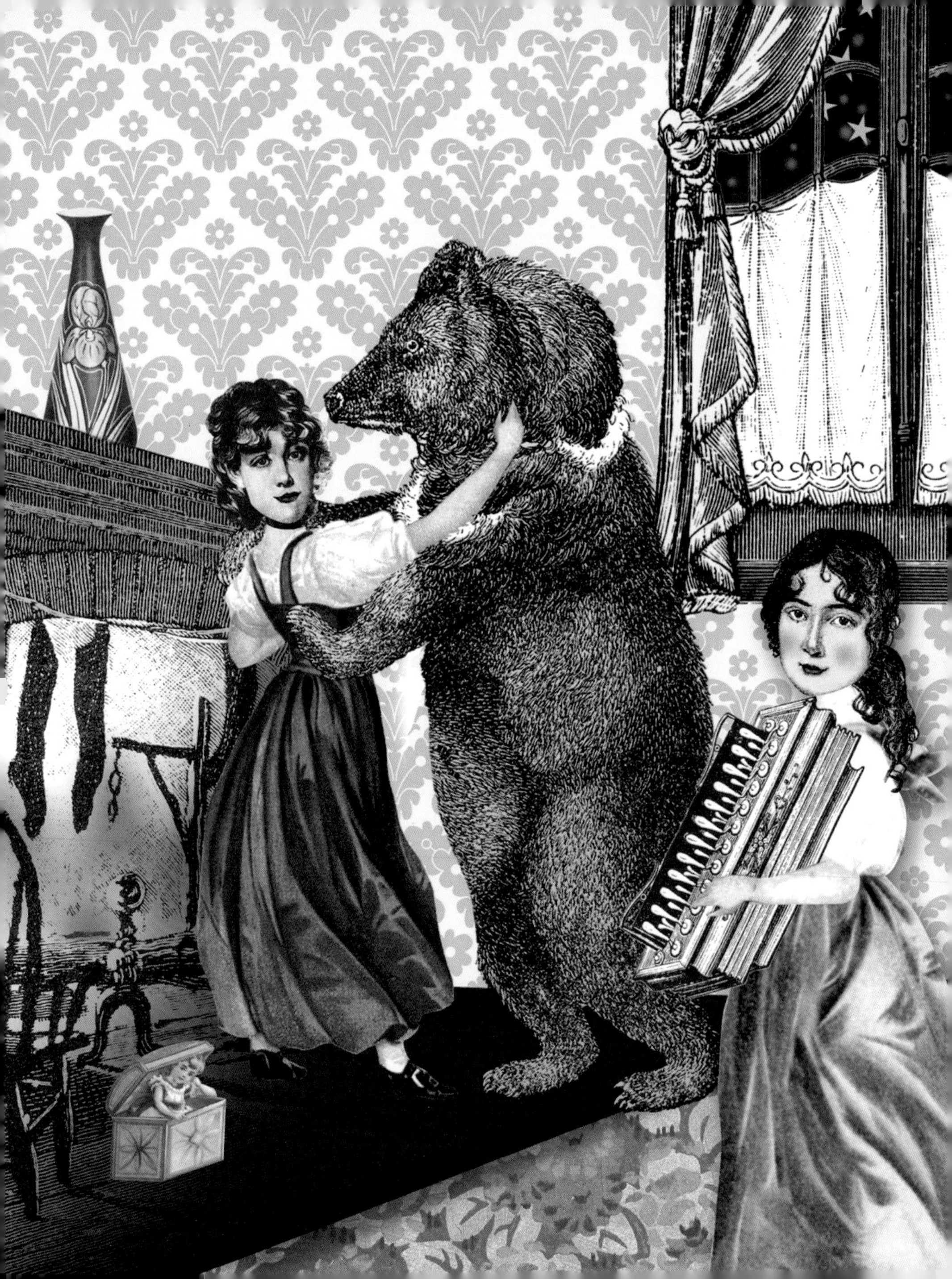

Comenzó la primavera y afuera todo empezó a reverdecer. Una mañana el oso le dijo a Blanca Nieves:

—Ahora me tengo que ir y no podré volver durante todo el verano.

—¿Adónde vas, querido oso? –le preguntó Blanca Nieves.

—Tengo que ir al bosque a proteger mis tesoros de los gnomos malvados. Durante el invierno, cuando la tierra está congelada y dura, no pueden pasar, pero ahora que el sol descongela el suelo, aparecen en la superficie, buscan y roban. Lo que cae en sus manos, difícilmente vuelva a ver la luz del día.

Blanca Nieves se puso muy triste por la despedida. Destrabó la puerta y el oso, al salir rápidamente, se rasguñó y se le desgarró un pedacito de piel. A Blanca Nieves le pareció ver que debajo de la piel brillaba oro. Pero no estaba muy segura pues el oso salió muy de prisa y enseguida desapareció detrás de los árboles.

Pasó un tiempo, y la madre mandó a las niñas al bosque para juntar ramitas; allí se encontraron con un árbol inmenso que estaba talado en el suelo. Al lado del tronco había algo que saltaba en el pasto pero que ellas no lograron identificar de inmediato. Cuando se fueron acercando, vieron a un gnomo con una cara arrugada como de anciano y una larguísima barba blanca. El extremo de la barba se había enganchado en una grieta del árbol y el hombrecito saltaba de un lado a otro como un perrito encadenado pues no sabía cómo salir. Miró a las doncellas con sus iracundos ojos colorados y gritó:

—¿Qué hacen ahí mirando? ¿No pueden venir y ayudarme?

—¿Qué te pasó? –preguntó Rosa Roja.

—¡Tonta y atrevida malcriada! –contestó el gnomo. Quise hachar el árbol para sacar leña para mi cocina. Los troncos grandes enseguida queman nuestras porciones de comida que no son tan abundantes como las que devoran los brutos como ustedes. Acababa de colocarle la cuña y todo habría salido bien si esta maldita madera no fuera tan lisa. Salió la cuña de un golpe, y el árbol cayó tan rápido que no logré sacar mi hermosa barba blanca. Ahora está enganchada ahí y no puedo salir. ¡Y ustedes se ríen, criaturas tontas! ¡Qué malas son!

—No te impacientes –dijo Blanca Nieves–, ya le voy a encontrar una solución –y sacó sus tijeras del bolsillo y cortó la punta de la barba. El gnomo, apenas se sintió liberado, agarró un bolsito lleno de oro que estaba metido entre las raíces del árbol y rezongó:

—¡Qué gente más bruta, me cortan un pedazo de mi imponente barba! ¡Que se vayan al diablo! –gruñó en voz baja, sacó el bolso, se lo tiró al hombro y se fue sin mirar siquiera a las niñas.

Tiempo después, Blanca Nieves y Rosa Roja fueron a pescar para preparar un plato de comida. Al llegar al arroyo vieron algo parecido a un saltamontes cerca del agua, como si quisiera saltar en ella. Se acercaron y reconocieron al gnomo.

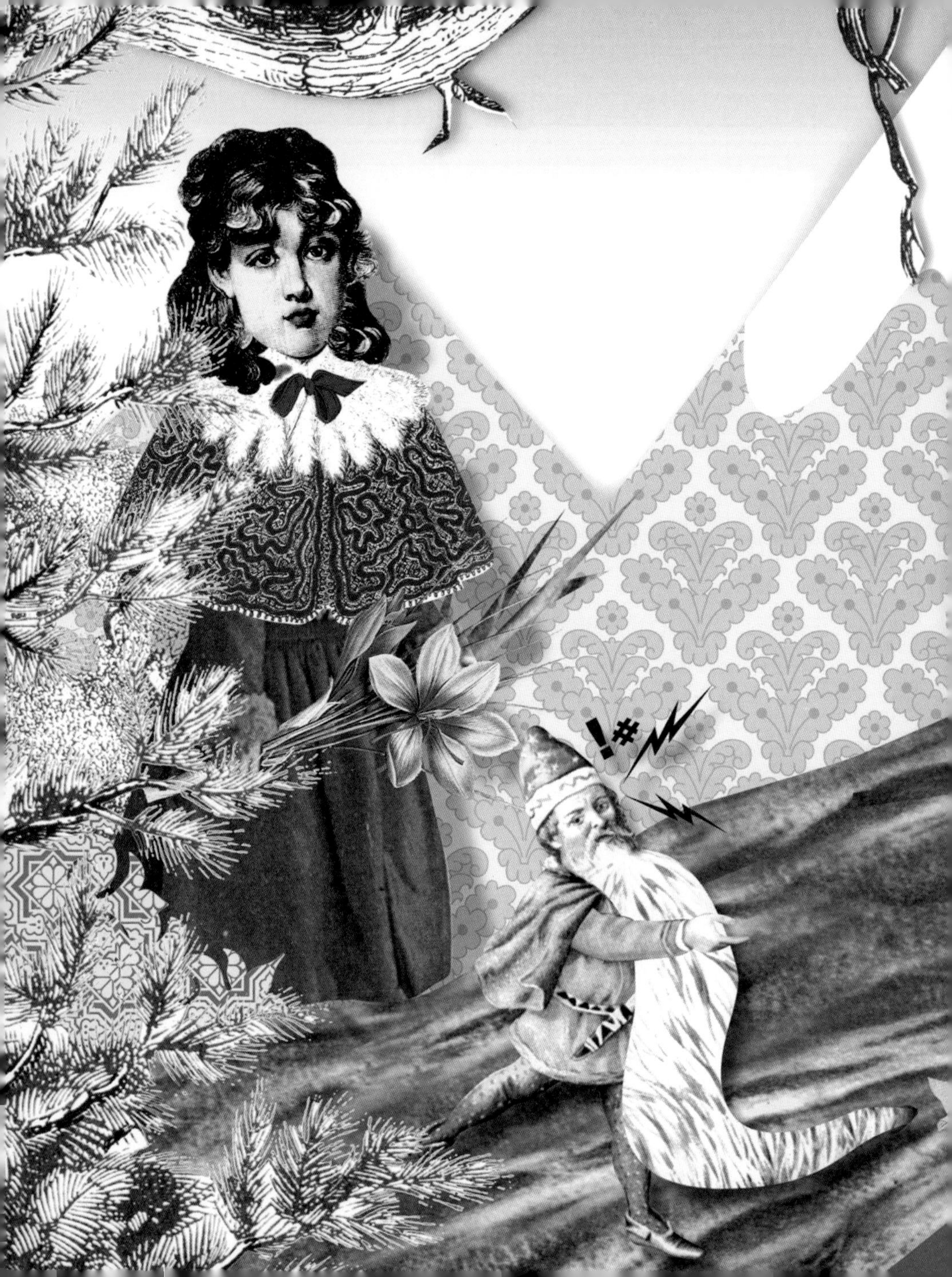

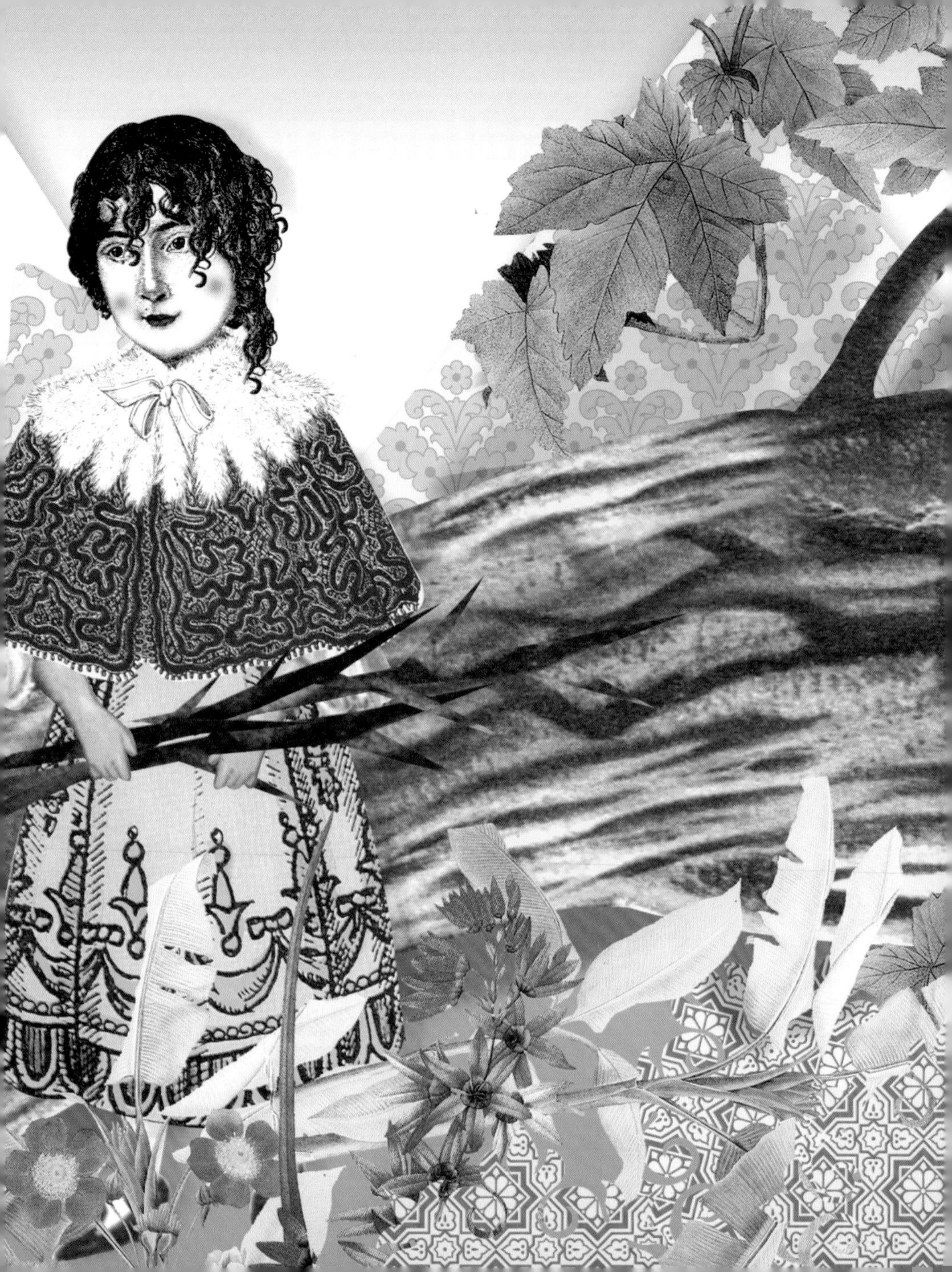

—¿Adónde quieres ir? –le preguntó Rosa Roja–. Supongo que no querrás meterte en el agua.

—¡No soy tan bobo! –gritó el gnomo–. ¿No ven que el maldito pez me quiere tirar para adentro?

El hombrecito había estado sentado pescando cuando el viento enredó su barba en el sedal. Pronto un gran pez mordió el anzuelo, pero el gnomo carecía de fuerzas para sacarlo. El pez era más fuerte y tiraba al gnomo hacia él. Aunque éste trataba de agarrarse de los juncos, poco y nada pudo hacer para contrarrestar los movimientos del pez, y se hallaba en permanente peligro de ser arrastrado al agua. Las doncellas aparecieron justo a tiempo, lo retuvieron y trataron en vano de desatar la barba del sedal, pues estaba muy enredada. No quedó más remedio que sacar nuevamente las tijeras y cortarla, con lo cual perdió una pequeña parte de ella. Al verlo, el gnomo les gritó:

—¡Burras!, ¿cómo se atreven a desfigurarme la cara? ¡No les bastó con haberme cortado la punta! ¡Ahora me quitan la mejor parte! Ya no me podré dejar ver por mis compañeros. ¡Ojalá que hayan tenido que venir caminando sin zapatos! –luego buscó una bolsa con perlas que se encontraba entre los juncos y, sin decir una palabra más, desapareció detrás de una piedra.

Ocurrió que poco tiempo después la madre mandó a las dos doncellas a la ciudad para comprar hilos, agujas y cintas. El camino las llevaba por unos matorrales, entre los cuales se encontraban enormes rocas. De pronto vieron un ave muy grande deslizarse por el aire hasta que finalmente bajó cerca de una roca. Enseguida escucharon chillidos y lamentos. Al acercarse corriendo vieron que un águila había agarrado a su antiguo conocido, el gnomo, y se lo quería llevar. Las piadosas niñas sujetaron con firmeza al hombrecito y se pelearon con el águila hasta que ésta soltó a su presa. Apenas el gnomo se hubo repuesto del susto, dijo:

—¿No pudieron tratarme con más cuidado? Tiraron de mi chaqueta finita que ahora está toda deshilachada y agujereada, ¡qué inútiles y torpes! —y agarró una bolsa con piedras preciosas, para adentrarse en su cueva debajo de las rocas. Las doncellas, que ya se habían acostumbrado a su ingratitud, siguieron su camino y arreglaron sus asuntos en la ciudad.

Al regreso, volvieron a pasar por los matorrales y sorprendieron al gnomo, que había volcado la bolsa de piedras preciosas en un lugar despejado pues no había imaginado que alguien pudiera pasar por allí a esa hora. El sol de la tarde se reflejaba en las piedras, cuyos infinitos colores resplandecían y brillaban tan maravillosamente, que las niñas se pararon para contemplarlas.

—¿Por qué se quedan paradas ahí mirando? —gritó el gnomo y su cara gris como la ceniza se puso roja de la furia.

Quiso continuar con sus insultos, cuando se acercó trotando desde el bosque un oso negro. Asustado, el gnomo saltó, pero no logró alcanzar su escondite porque el oso ya había llegado. Gritó con mucho miedo:

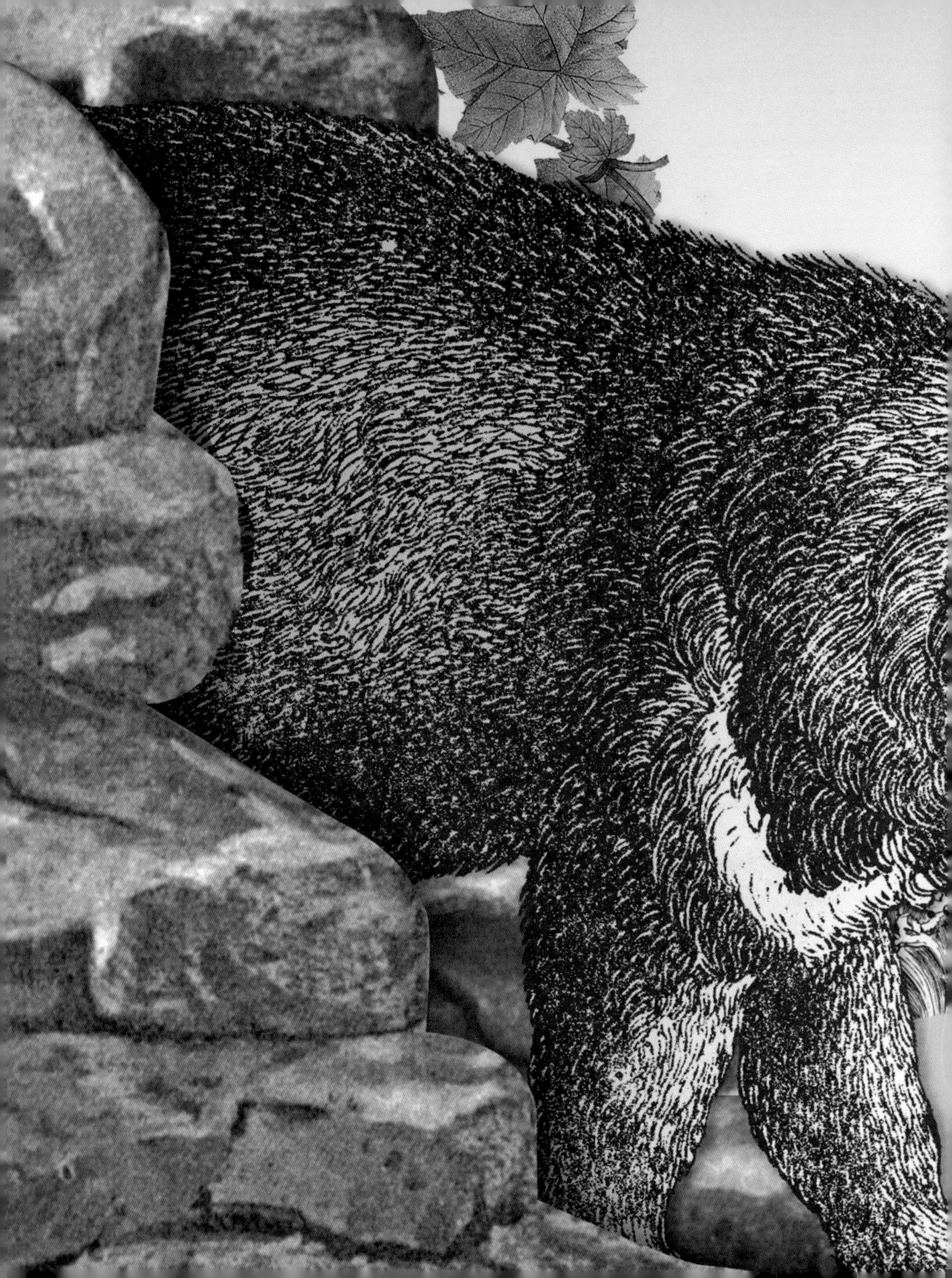

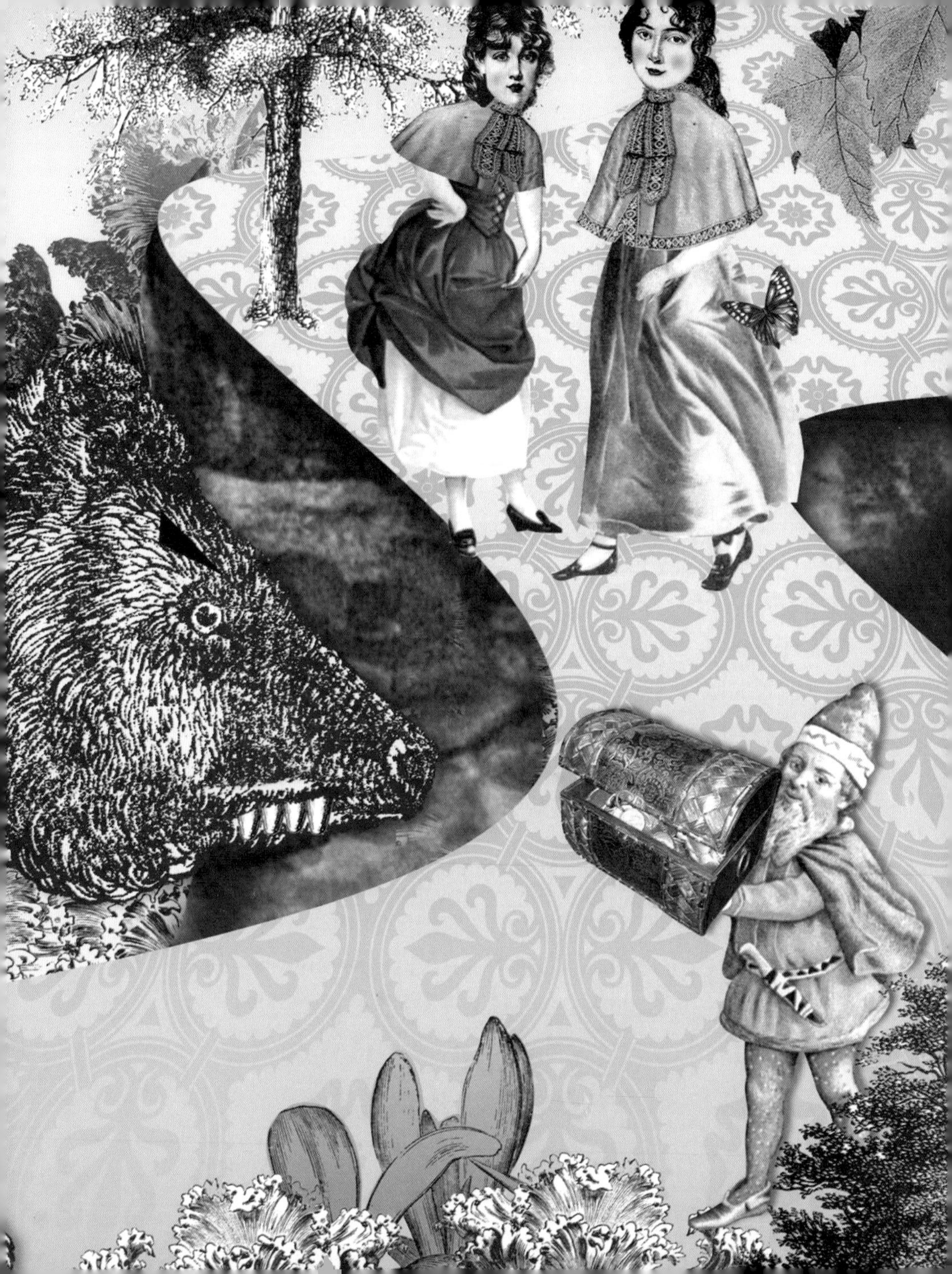

—¡Señor oso, déjeme ya y le daré todos mis tesoros! ¡Vea las maravillosas piedras preciosas que hay ahí! Perdóneme la vida, ¿para qué le sirve un hombrecito flaquito como yo? Ni me va a sentir entre sus dientes. ¡Agarre a estas dos niñas malvadas; son un buen bocado, gordas como codornices! ¡Por el amor de Dios, cómalas a ellas!

El oso no hizo caso de sus palabras, y luego, de un sólo manotazo, el hombrecito ya no se movió más.

Las doncellas habían huido, pero el oso les gritó:

—¡Blanca Nieves, Rosa Roja, no tengan miedo! ¡Espérenme que quiero ir con ustedes!

Entonces reconocieron su voz y se detuvieron. Y cuando el oso llegó a su lado, de repente se le cayó la piel de oso y apareció en su lugar un hombre muy hermoso y vestido enteramente de oro.

—Soy un príncipe –les dijo–. El gnomo malvado que me había robado mis tesoros me hechizó condenándome a vagar como un oso salvaje por los bosques hasta que su muerte me liberara. Ahora ha recibido el castigo que merece.

Blanca Nieves se casó con el príncipe y Rosa Roja, con el hermano; y con ellos compartieron los inmensos tesoros que el gnomo había acumulado. La anciana madre vivió con su hijas por muchos años. Y los rosales, que fueron plantados frente a su ventana, daban todos los años las más bellas rosas blancas y rojas.

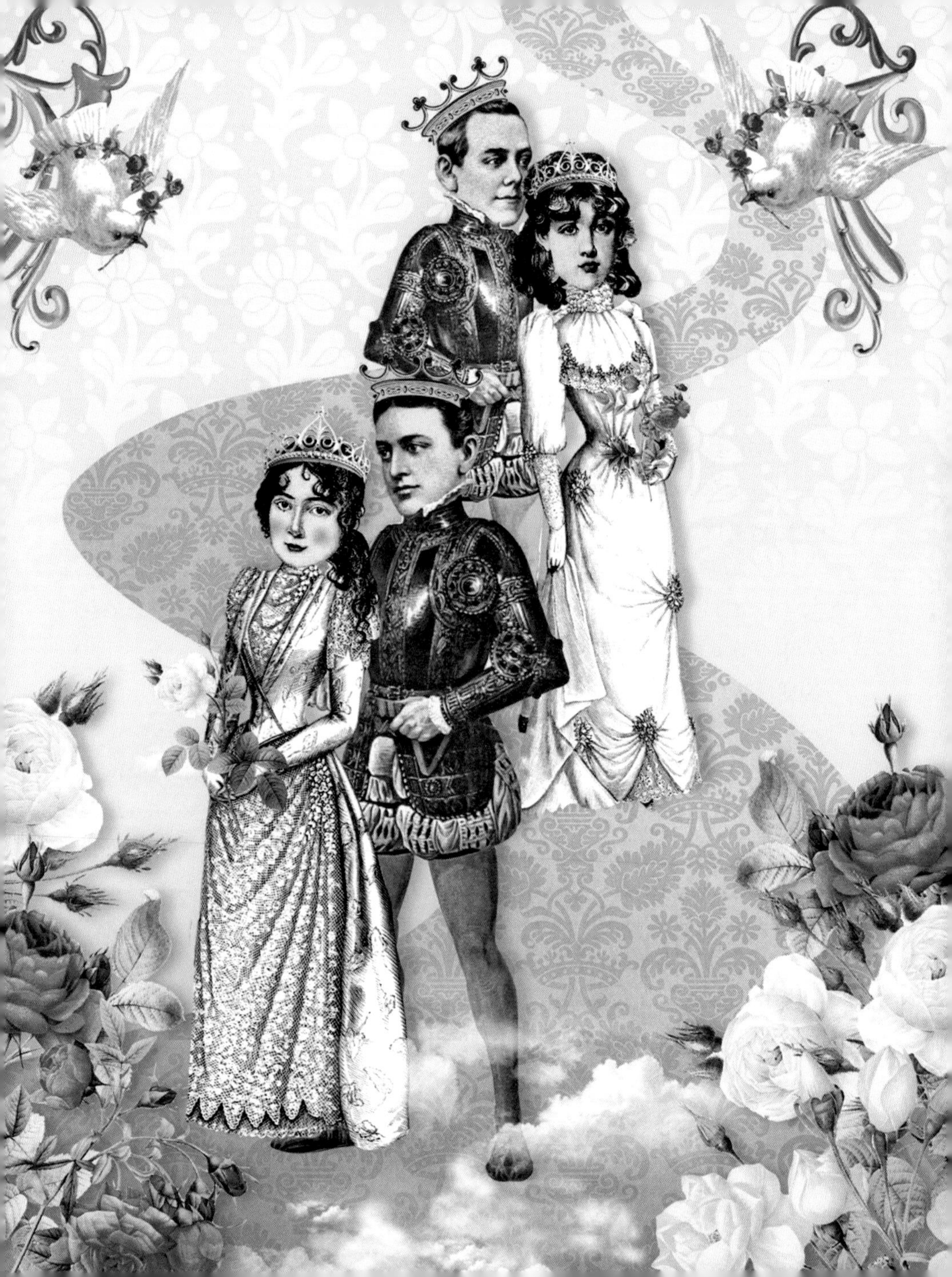

Ruiponces

Érase una vez un hombre y una mujer que durante mucho tiempo habían anhelado un hijo pero no podían tenerlo. Finalmente, un día, su deseo se iba a cumplir.

Desde la ventana de su casa se veía el jardín de una maga, lleno de flores y de hierbas aromáticas de todo tipo. Pero la maga no permitía entrar a nadie allí. Un día la mujer estaba parada en esa ventana y, al mirar hacia abajo, vio en la huerta unos hermosos ruiponces. Sabía, sin embargo, que no iba a poder tener ninguno de ellos; entonces se sintió desdichada y se enfermó.

Su marido, asustado, le preguntó qué le pasaba.

—Ay, si no como alguno de los ruiponces del jardín vecino, moriré.

El marido, que tanto la amaba, pensó que, como fuera, tenía que conseguirle algunos ruiponces; y se trepó

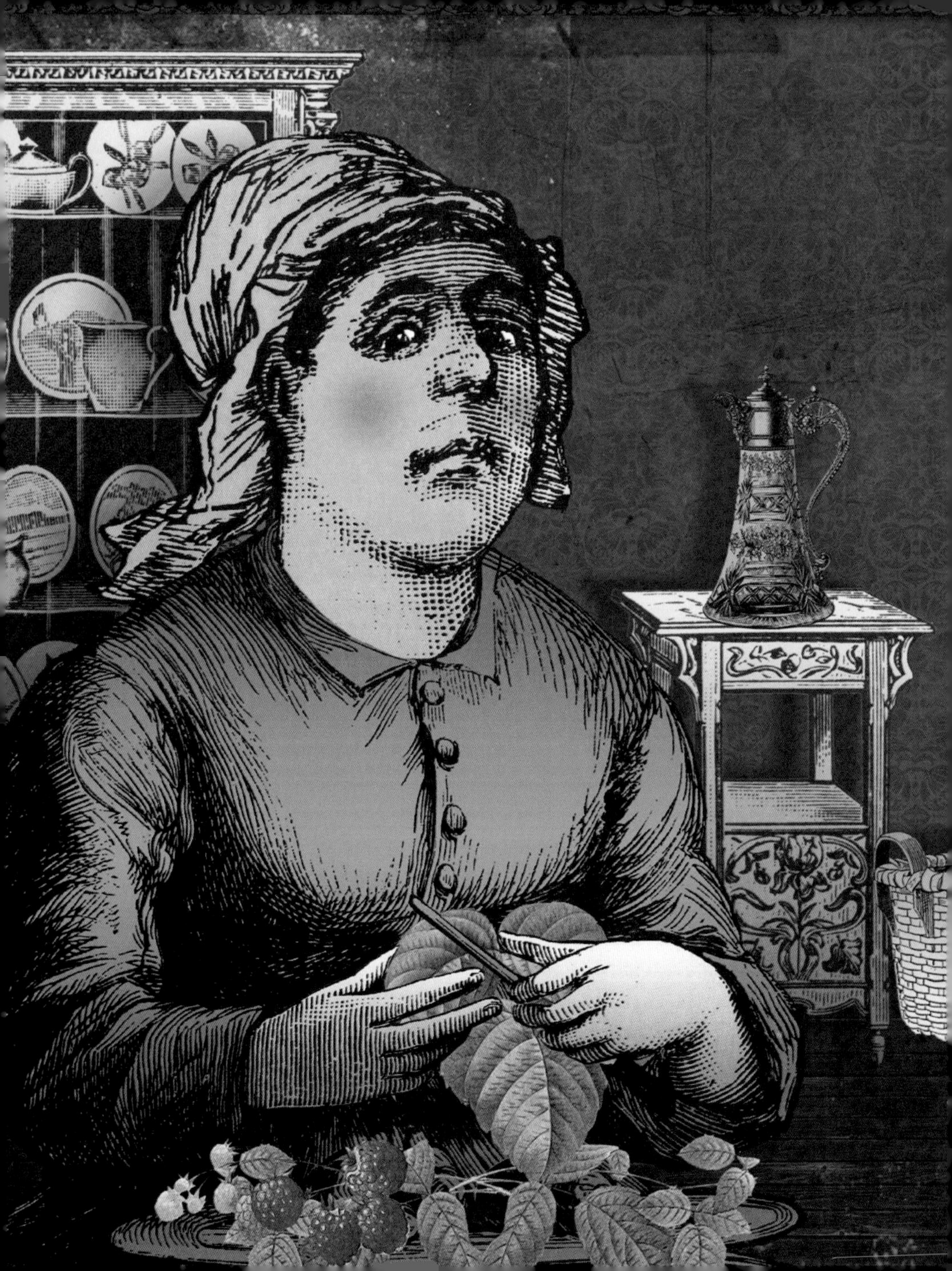

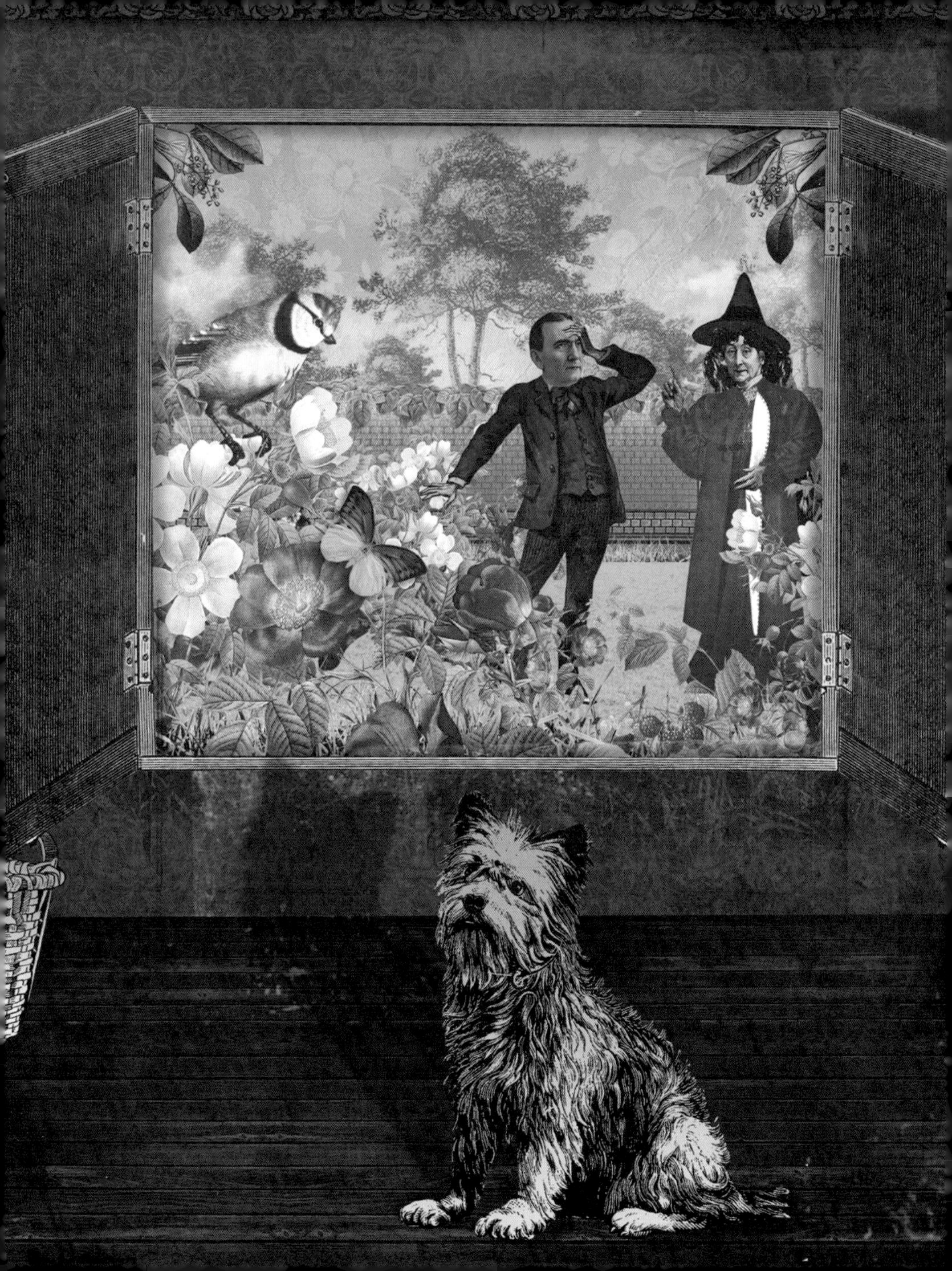

una noche por el muro para cortar rápidamente unos cuantos y llevárselos a su esposa. La mujer hizo una ensalada y la devoró toda. Le habían gustado tanto pero tanto, que al día siguiente sintió muchas más ganas de comer ruiponces. El marido vio que no iba a tener paz, entonces volvió a bajar al jardín, pero se asustó terriblemente cuando se encontró allí a la maga, que lo retó por haberse atrevido a entrar en su jardín y robarle sus plantas. Se disculpó como pudo, justificándose con los antojos de su mujer y explicándole cuán peligroso era negarle algo. Al fin, la maga le dijo:

—Aceptaré tus disculpas e incluso te permitiré llevarte tantos ruiponces como quieras, siempre y cuando me des a la niña que va a tener tu mujer.

El hombre se sintió tan atemorizado que aceptó; y cuando su mujer dio a luz, enseguida apareció la maga, se llevó a la niña y la llamó Ruiponces.

Ruiponces se convirtió en la niña más bella del mundo. Pero cuando cumplió doce años, la maga la encerró en una torre muy, muy alta, que no tenía ni puerta ni escalera. Sólo había una pequeña ventanita en la parte superior. Cuando la maga quería subir, se paraba al pie de la torre y gritaba:

—¡Ruiponces, Ruiponces! ¡Suelta tus cabellos!

Pues Ruiponces tenía una hermosa y larguísima cabellera, fina como hilos de oro y, cuando la maga la llamaba, soltaba

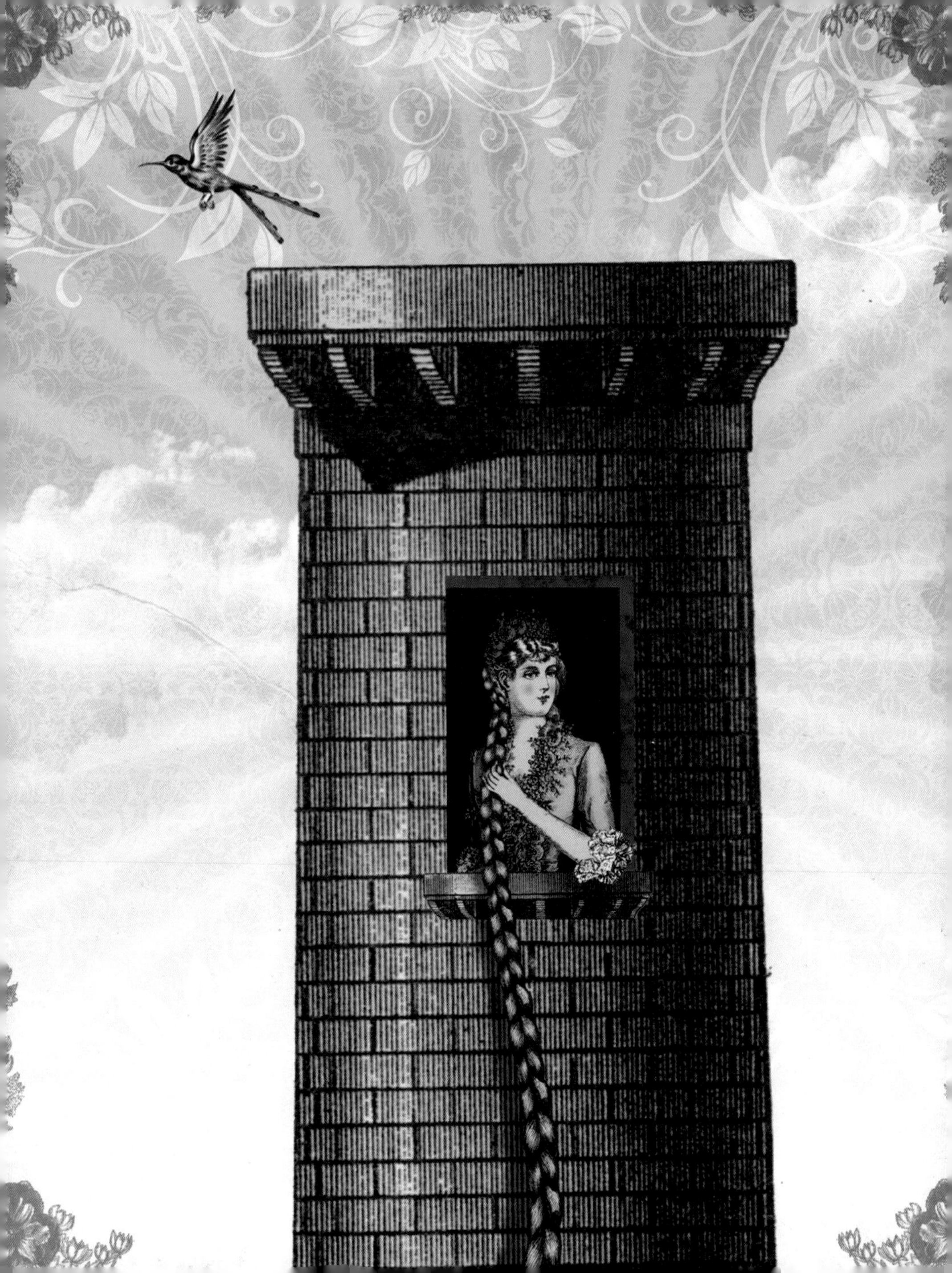

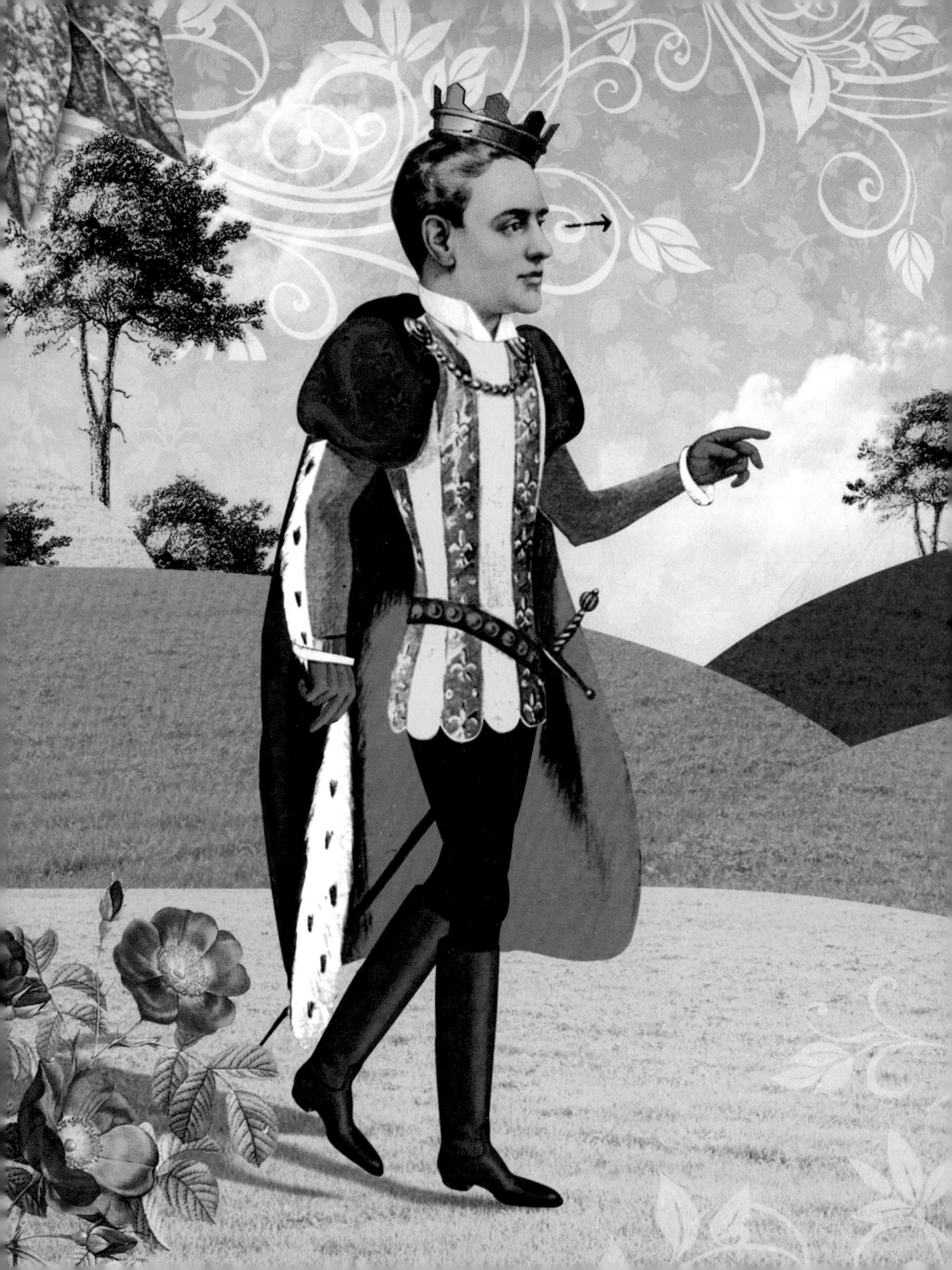

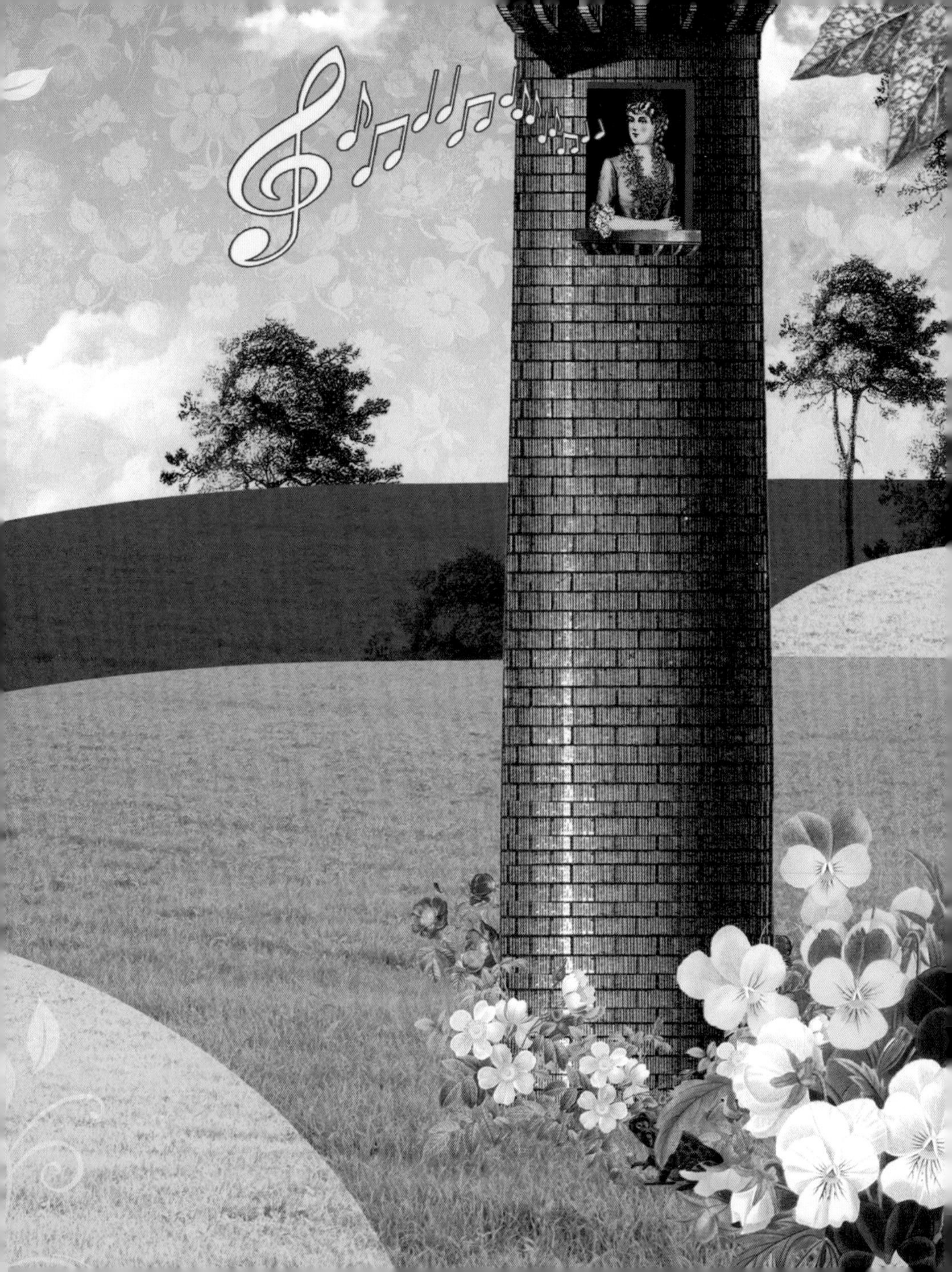

sus trenzas y las ataba en la ventana. Entonces los cabellos caían veinte varas[1], de modo que la maga se subía por ellos.

Un día un joven príncipe atravesó el bosque donde se encontraba la torre, vio a la hermosa Ruiponces en su ventana y la oyó cantar con una voz tan dulce que se enamoró perdidamente de ella. Pero como la torre no tenía puerta y ninguna escalera podía llegar tan arriba, se desesperó. Igualmente iba todos los días al bosque y se acercaba a la torre, hasta que una vez vio llegar a la maga y la oyó decir:

—¡Ruiponces, Ruiponces! ¡Suelta tus cabellos!

Entonces vio cuál era la escalera para subir a la torre.

Había memorizado bien las palabras que había que decir y, al día siguiente, cuando oscurecía, se acercó a la torre y gritó:

—¡Ruiponces, Ruiponces! ¡Suelta tus cabellos!

Y Ruiponces soltó sus cabellos. De inmediato cayeron y el príncipe subió por ellos.

Al comienzo Ruiponces se asustó un poco, pero luego le gustó tanto el joven príncipe, que acordó con él que iría todos los días y que lo subiría a la torre con sus cabellos.

Así vivieron divertidos y alegres durante un largo tiempo, y se quisieron mucho, como hombre y mujer. La maga no los descubrió hasta que un día Ruiponces le dijo:

---

[1] *Vara*: antigua medida de longitud utilizada en España y en algunos países de Latinoamérica, equivalente a 0.86 metros.

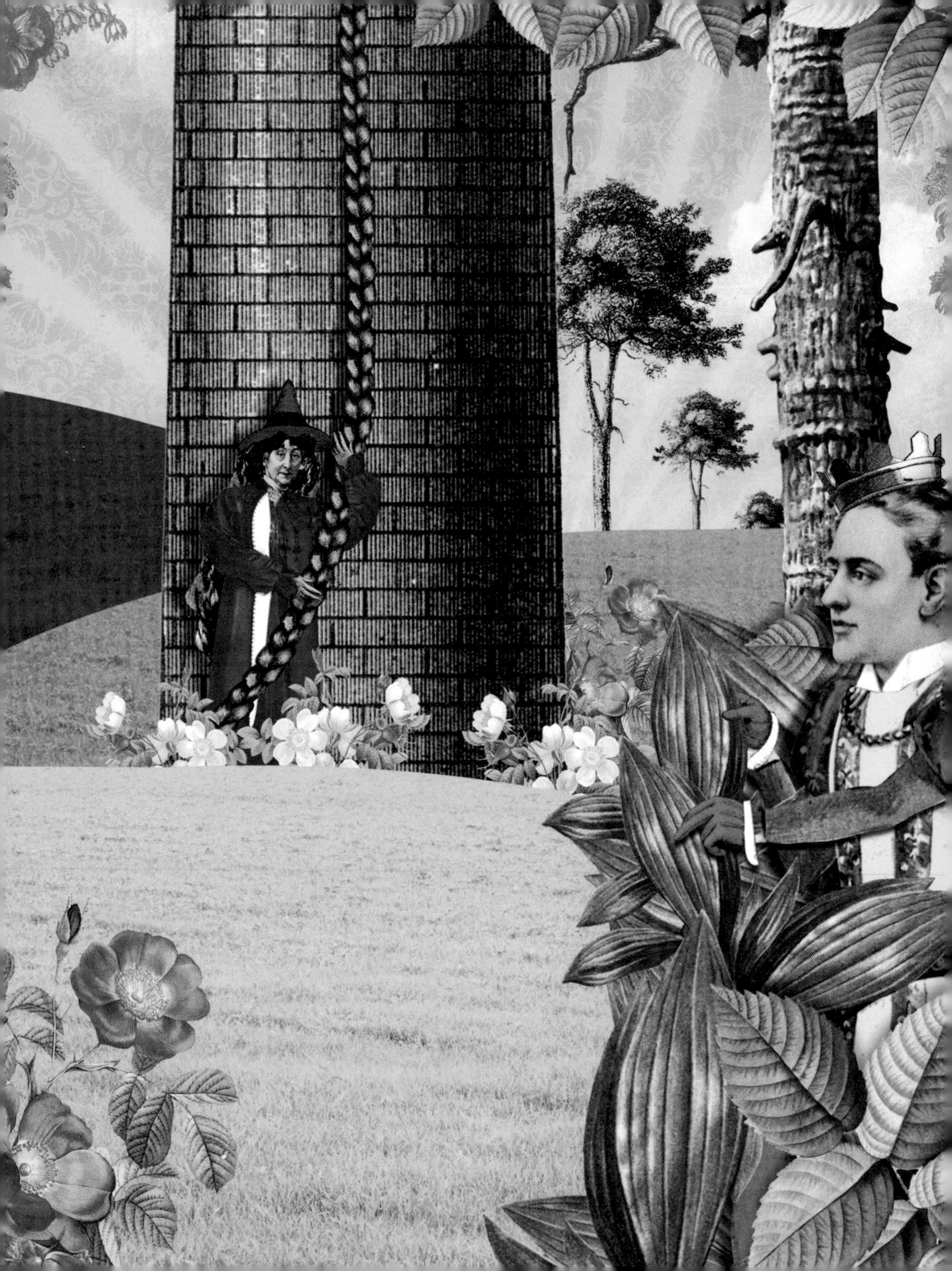

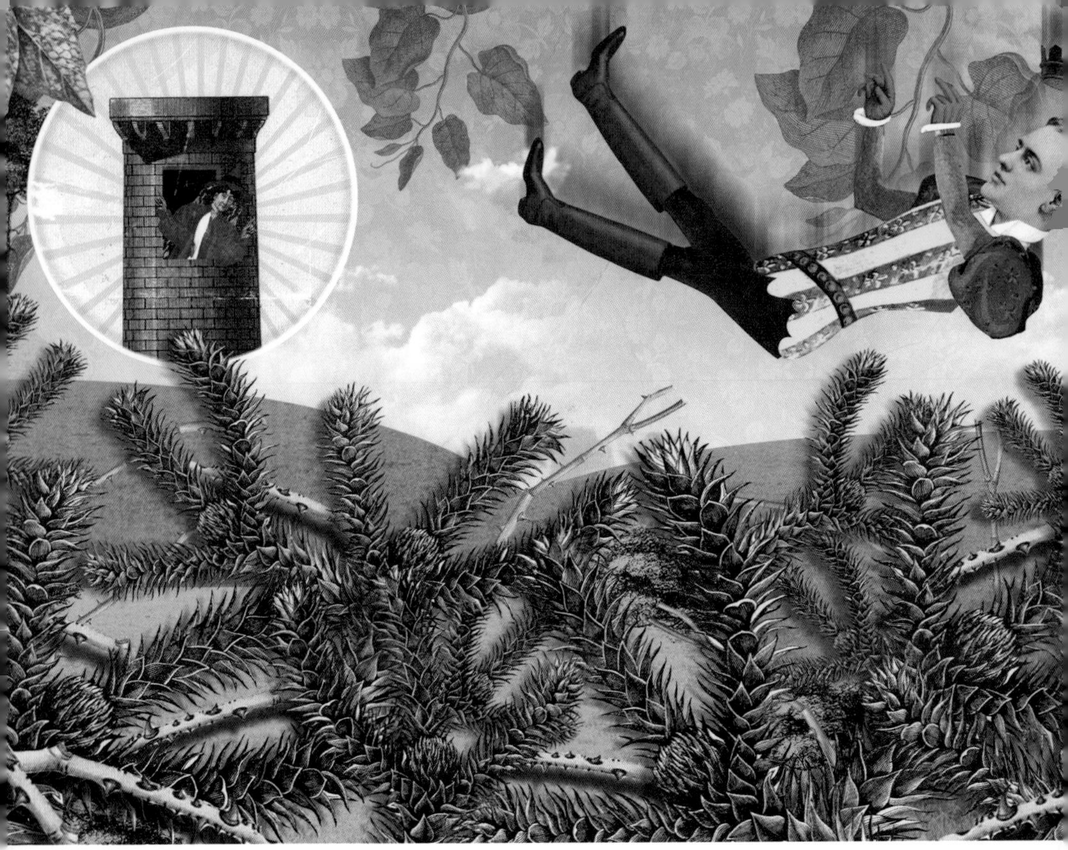

—Dígame, señora Gotel, ¿por qué resulta que me cuesta más subirla a usted que al joven príncipe?

—¡Ay! ¡Niña malvada! –exclamó la maga–. ¡Qué debo oír de ti! –y dándose cuenta de que había sido engañada, se enfureció. Tomó la hermosa cabellera de Ruiponces, le dio vuelta varias veces sobre su muñeca izquierda, agarró unas tijeras con la derecha y, clip, clip, la cortó. Luego expulsó a Ruiponces y la mandó a un desierto, adonde viviría en la miseria. Después de un tiempo, la joven dio a luz a mellizos, un varón y una mujer.

Ese día en que le había cortado el cabello a Ruiponces, la maga lo había atado en la ventana. Al rato, apareció el príncipe y llamó:

—¡Ruiponces, Ruiponces! ¡Suelta tus cabellos!

Entonces subió por la cabellera, pero fue muy grande su sorpresa al llegar arriba y toparse con la maga en lugar de la hermosa Ruiponces.

—Quiero que sepas –le dijo enojada la maga– que para ti, malvado, Ruiponces se ha perdido para siempre.

El príncipe, entonces, sintió tanta desesperación que, sin vacilar, se arrojó de la torre. Salvó su vida, pero se lastimaron sus ojos y perdió la vista. Triste, deambuló por el bosque; no comía más que pasto y raíces, y no hacía otra cosa que llorar. Después de varios años, llegó por casualidad a aquel desierto donde seguía viviendo Ruiponces. Sintió una voz conocida y, en ese mismo instante, ella lo reconoció y lo abrazó llorando. Entonces, al caer dos lágrimas de su amada sobre los ojos del príncipe, éstos se llenaron de luz y así pudo volver a verla como antes.

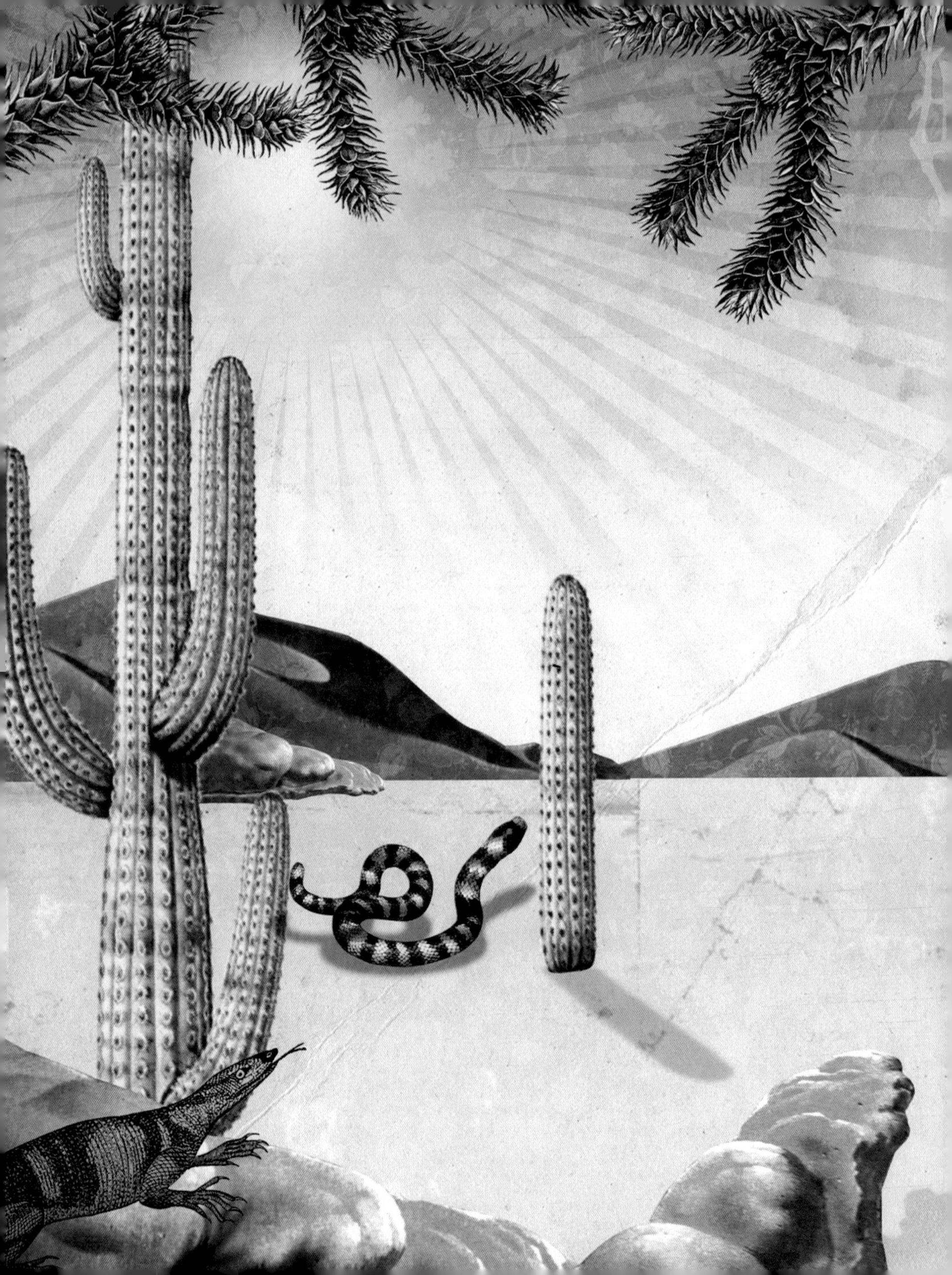

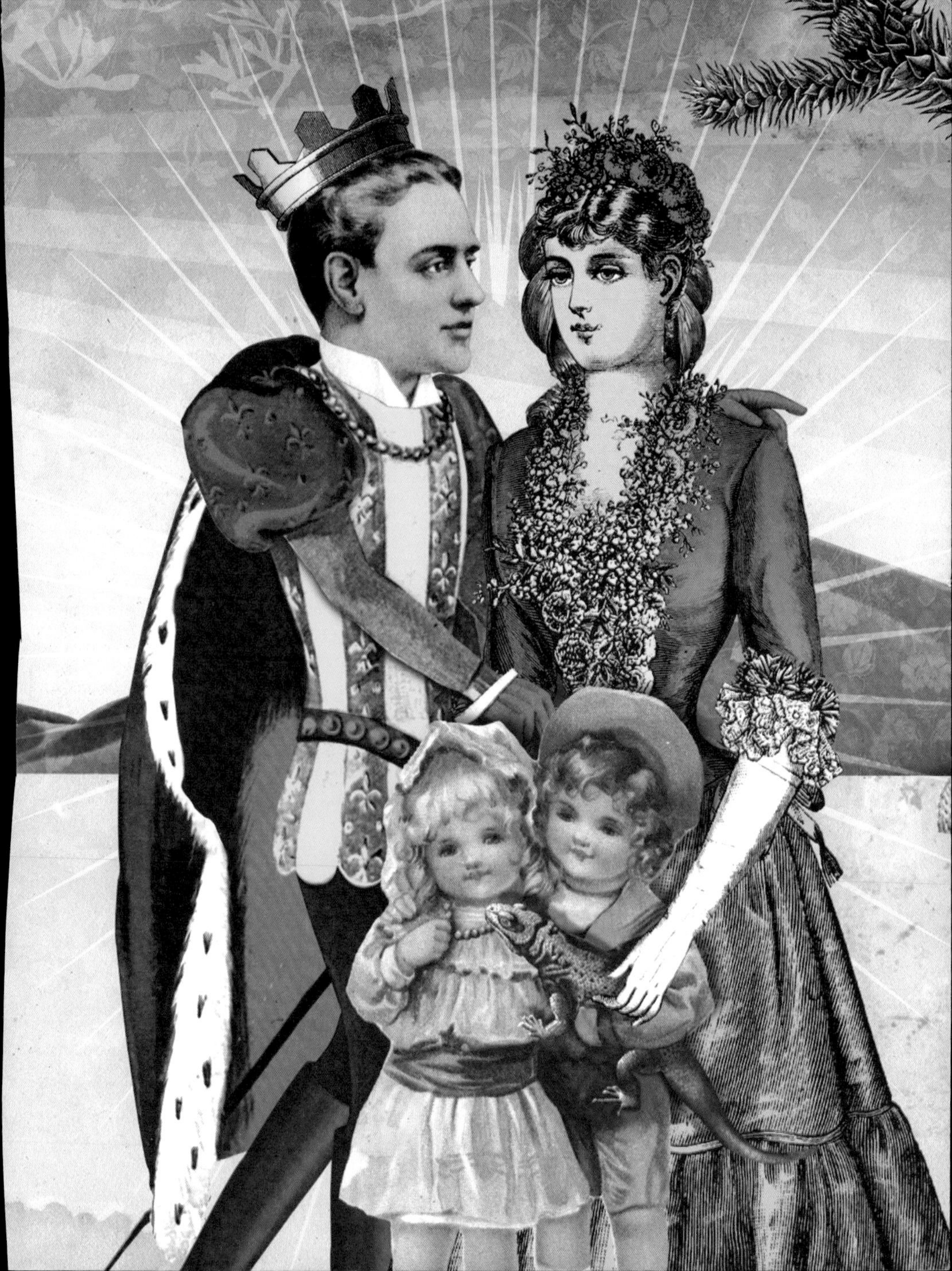

Índice

Este ejemplar se terminó de imprimir en Diciembre 2014,
En COMERCIALIZADORA DE IMPRESOS OM S.A. de C.V.
Insurgentes Sur 1889 Piso 12 Col. Florida
Alvaro Obregon, México, D.F.